读客彩条外国文学文库

外国文学读彩条,大师经典任你挑。

闹剧

Slapstick,
or
Lonesome
No
More

[美]库尔特·冯内古特 著　王知夏 译

Kurt Vonnegut

文汇出版社

图书在版编目（CIP）数据

闹剧 ／ （美）库尔特·冯内古特著 ；王知夏译.
上海 ：文汇出版社，2025.8. -- ISBN 978-7-5496
-4465-0
Ⅰ．I712.45
中国国家版本馆CIP数据核字第20258LX169号

SLAPSTICK
Copyright © 1976 by Kurt Vonnegut, Jr.
Copyright renewed © 2004 by Kurt Vonnegut, Jr.
This edition arranged with The Wylie Agency (UK) Ltd.
Simplified Chinese translation copyright:
©2025 Dook Media Group Limited
All rights reserved.

中文版权 © 2025 读客文化股份有限公司
经授权，读客文化股份有限公司拥有本书的中文（简体）版权
著作权合同登记号：09-2025-0003

闹剧

作　　者　／	［美］库尔特·冯内古特
译　　者　／	王知夏
责任编辑　／	张　溟
执行编辑　／	唐　铭
特约编辑　／	张靖雯　　夏文彦
封面设计　／	李子琪　　陈艳丽
出版发行　／	文匯出版社
	上海市威海路755号
	（邮政编码200041）
经　　销　／	全国新华书店
印刷装订　／	三河市中晟雅豪印务有限公司
版　　次　／	2025年8月第1版
印　　次　／	2025年8月第1次印刷
开　　本　／	880mm×1230mm　1/32
字　　数　／	159千字
印　　张　／	7.75

ISBN 978-7-5496-4465-0
定　　价　／ 59.90元

侵权必究
装订质量问题，请致电010-87681002（免费更换，邮寄到付）

谨以此纪念
阿瑟·斯坦利·杰斐逊和诺维尔·哈代
两位是我生命中的天使

只要叫我爱人,我就会改名换姓……

　　　　　　　　　　　——罗密欧

序言

这将是我一生中最接近自传的一部作品。我称之为"闹剧",因为它是情景化的怪诞诗剧,就像瞎胡闹的喜剧片,尤其是"劳莱与哈代"[1],那些年代久远的老电影。

它讲述了我所感受到的生活。

那里充满了种种考验,考验着我有限的机敏和智慧。它们一个接一个,没完没了。

在我看来,劳莱与哈代之所以好笑,归根结底在于他们对待每一次考验都全力以赴。

他们从不放过任何机会,每一次都真心实意地和命运较劲,因此看上去既可爱得要命,又可笑到极点。

---

[1] 斯坦·劳莱(Stan Laurel,1890—1965)和奥利弗·哈代(Oliver Hardy,1892—1957),20世纪美国的一对著名喜剧搭档,劳莱瘦小,哈代肥硕,两人共同主演了107部喜剧电影。——译者注(本书注释如无特别注明,皆为译者注)

*

  他们的电影几乎不涉及爱情。有的常常是婚姻的情境诗，但那又是另一码事。婚姻也是一种考验，只要所有人都心甘情愿地屈身其中，它就充满了喜剧的可能性。

  爱情向来不值一提。而且，可能因为我在大萧条的童年时代深受劳莱与哈代的毒害和引导，一生受教，所以我可以很自然地在讨论人生时绝口不言爱。

  在我看来它一点儿都不重要。

  那什么才重要？真心实意地和命运较劲。

*

  我有过爱的体验，或者说我认为有，怎样都好，不过我最喜欢的那种爱可以简单描述为"一般礼貌"。我对某个人好一阵子，甚至有可能好上很长很长时间，反过来，那个人也好好待我。其中不必和爱扯上任何关系。

  同样，我也无法分清自己对人类的爱和对狗狗的爱。

  除了看电影里的喜剧演员表演，听广播里的喜剧演员说话，我小时候还常做的一件事就是抱着家里无论对谁都很亲热的小狗，在地毯上滚来滚去。

  直到现在我还经常那样做。最后狗开始感到疲倦，感到困惑又难受，我依然感觉良好，我可以一直持续下去，直到永远。

嗨喽。

*

我有三个养子，其中一个曾在他二十一岁的生日那天对我说："你知道——你从未拥抱过我。"当时他即将随和平队[1]前往亚马孙雨林。

于是我拥抱了他。我们彼此相拥。这感觉很好，就像是抱着我们以前养过的一只大丹犬在地毯上打滚一样。

*

爱若存在，你自然会发现它。我认为去寻找它是件愚蠢的事，并且常常有害无益。

当那些从传统来讲本应相爱的人吵起来的时候，我希望他们能对彼此说："请——少一点儿爱，多点儿一般礼貌。"

*

和我维系了最久"一般礼貌"关系的人无疑是我的哥哥，即我唯一的兄弟，伯纳德。他是纽约州立大学奥尔巴尼分校的一名大气

---

[1] 和平队（Peace Corps），1961年3月在美国总统肯尼迪的指示下成立的前往发展中国家执行美国"援助计划"的服务组织。

科学家。

他是个鳏夫,独力抚养两个小儿子。他干得很好。除此之外,他还有三个已成年的儿子。

我们天生就被赋予了截然不同的大脑。伯纳德永远成不了作家。我也永远当不上科学家。而且,由于我俩都是靠头脑吃饭的人,我们也都倾向于将它视作装置——独立于意识,独立于核心自我。

*

我们拥抱过对方三四次——很可能是过生日时,笨拙地拥抱。我们从未在悲伤的时刻拥抱对方。

*

无论如何,我们俩的大脑生来就欣赏同一类笑话——马克·吐温式的幽默,劳莱与哈代式的笑料。

它们乱糟糟的程度也不相上下。

有件关于我哥哥的逸事,只要略加修改,完全就是我自己的真实写照。

伯纳德在纽约州斯克内克塔迪的通用电气实验室工作过一阵子,在那儿,他发现了碘化银可以凝结成某种云状物,就像雨云或雪云。然而,他的实验室却乱得触目惊心,一个笨手笨脚的陌生人在里面可以有一千种不同的死法——取决于在哪儿被绊倒。

公司有一名安全员，当他看到面前这遍布陷阱、圈套和一触即发的饵雷的混乱丛林时，差点儿没晕过去。他冲我哥哥大吼了一通。

我哥哥用指尖轻点着自己的额头，对他说道："如果你觉得这实验室很糟糕的话，那你应该看看这儿是什么样子。"

诸如此类。

*

有一次我告诉哥哥，每次我在家修理东西时，都会在修好前弄丢所有的工具。

"你很幸运，"他说，"我总是连修的东西都找不到了，不管修什么。"

我们笑了起来。

*

不过，虽说混乱，也多亏了天生这样一副头脑，我和伯纳德才进入了人造大家庭，能在全世界各地认领亲戚。

他和全天下的科学家都是兄弟，我和全天下的作家都是兄弟。

我们两人都觉得这样很有趣，也甚感欣慰。这样很好。

这也是一种幸运，因为人类需要拥有尽可能多的亲人，以便能在需要的时候施舍或取得——不一定是爱，而是一般礼貌。

*

我们的童年是在印第安纳州的印第安纳波利斯度过的。在那儿，我们似乎永远都脱离不了由有血缘关系的亲戚组成的大家庭。毕竟，我们的父母和祖父母都生在那儿，在一大帮兄弟姐妹、同辈表亲和叔叔婶婶中间长大。没错，他们的亲戚全都生长在富贵之家，都很有教养，温文尔雅，说一口优雅的德语和英语。

*

顺便说一句，他们全都是宗教怀疑论者。

*

他们可能在年轻的时候游遍了广阔的世界，也常常会遇上激动人心的大冒险。但他们迟早都会被召回印第安纳波利斯的家中，安定下来。他们无一例外地遵从了召唤，因为他们在那儿有太多的亲人。

当然啦，也有很多好东西等着他们去继承——正经生意，舒适的家和忠实的仆人，堆积如山的瓷器、水晶和银器，良好的商业信誉，马克辛库奇湖边的别墅——我们家族曾在湖东岸拥有一整套避暑田庄。

*

然而自打德国加入第一次世界大战（我出生五年前）并展露锋芒之后，美国人突然开始憎恨德国的一切，我以为正是以此为肇始，我们家族的荣光开始一去不复返。

家里的孩子不再学习德语了，也没人鼓励他们去欣赏德国的音乐、文学、艺术或科学。在我们兄妹的成长字典里，德国就像巴拉圭一样陌生。

除了从学校里可能学到一点儿东西之外，我们与欧洲完全脱了节。

转眼间，我们失去了数千年的历史，然后是数万美元钞票、避暑田庄，等等。

我们家族的吸引力也大不如前，尤其是对自己人而言。

所以，等到大萧条时代过去、二战结束，我们三兄妹也就轻而易举地从印第安纳波利斯走了出去。

至于被我们抛在身后的亲戚，他们根本想不出任何理由叫我们回去。

从此我们不再属于任何一个特定的地方。我们成了美国这部机器里可以替换的零件。

*

是的，还有印第安纳波利斯，它曾经拥有独一无二的英语口音、当地特有的笑话、传说、诗人、坏蛋和英雄，以及为本地艺术家而设的画廊，如今就连它也成了美国这部机器里一个可替换的零件。

它不过是又一个无名之地，是汽车生活的地方，有一个交响乐团及其他。它还有一个赛车场。

嗨嚯。

*

当然，我和哥哥还是会回去参加葬礼。去年七月，我们就回去参加了亚历克斯·冯内古特叔叔的葬礼。亚历克斯叔叔是我们已故父亲的弟弟，差不多也算是我们最后一个老派亲戚——一位土生土长的美国人，热爱祖国，不敬畏神明，并拥有欧洲人的灵魂。

他活到了八十七岁，没有子女。他毕业于哈佛大学，退休前是一名人寿保险代理。他也是匿名戒酒会印第安纳波利斯分会的创立者之一。

*

他的讣告刊登在《印第安纳波利斯星报》上，里面说他本人并不是酗酒者。

我认为，这一否认至少在一定程度上反映了旧时代假模假式的遗风。据我所知，他以前是喝酒的，虽然酒精从未严重影响到他的工作，也没让他丧失过理智。然后有一天，他忽然戒了酒。他肯定也曾在匿名戒酒会的集会上像其他所有成员一样做自我介绍，先报出自己的名字——接着勇敢地坦白："我酗酒。"

是的，而报纸上那番文绉绉的否认之词却声称他从未有过任何酒精问题，说穿了无非是出于那个老掉牙的意图，即避免连累我们这些同姓族人蒙受污名。

如果被人认定我们有亲戚曾经是酒鬼，或者是像我母亲和我儿子那样短暂地犯过失心疯，我们就更难在印第安纳波利斯结下好亲事，也别想找到好工作了。

甚至连我祖母死于癌症这件事都是一个秘密。

想想看吧。

*

无论如何，如果亚历克斯叔叔，这个无神论者，死后发现自己站在圣彼得和天国之门面前，我相信他会这样介绍自己："我的名字叫作亚历克斯·冯内古特，我酗酒。"

他可真行。

*

另外，据我推测，除了对酒精中毒的恐惧之外，孤独也是将他引向匿名戒酒会的一个同等重要的原因。随着亲人们一个接一个去世、流散，或者干脆变成美国这部机器中的可替换零件，他开始寻找新的兄弟姐妹、侄子侄女、叔叔婶婶及其他亲人，最终他在戒酒会里找到了这一切。

*

我小时候，他常常告诉我该读哪些书，然后确保我真的读了。他也会带我去拜访我从来都不知道的亲戚，并以此为乐。

有一次他告诉我，他在一战期间当过美国间谍，在巴尔的摩结交德裔美国人。他的任务是侦察敌军特务。结果他一无所获，因为那儿没什么可查的。

他还告诉我，他曾做过一阵子调查员，在纽约城调查贪污受贿，一直到他的父母叫他回老家安定下来。他揭发过一桩丑闻，牵涉到格兰特将军墓的巨额维护费——事实上这座墓几乎不需要什么维护。

嗨啰。

*

我在家里一台白色的按钮式电话机上接到了他的死讯。我家的房子位于曼哈顿被称为"海龟湾"的一端。电话旁有一株喜林芋。

我一直到今天都不清楚自己是怎么来到这里的。这儿没有海龟，也没有海湾。

也许我就是那只海龟,把家驮在背上,在任何地方都能活下去,甚至在水下也能短暂生存。

*

于是我打电话给身在奥尔巴尼的哥哥。他马上就到六十岁了。我五十二岁。

我们当然都不是青葱少年了。

但是伯纳德仍在扮演兄长的角色。他给我们在环球航空订好了座位,在印第安纳波利斯机场安排了车,并在华美达酒店订了间有两张单人床的双人房。

至于那场葬礼本身,则和我们父母及其他许多近亲的葬礼一样,空洞而世俗,没体现出任何关于上帝和来世的概念,甚至没有一丝印第安纳波利斯的风格,一如我们所住的华美达酒店。

*

就这样,我和我哥哥把自己绑在了一架从纽约飞往印第安纳波利斯的喷气机上。我坐在靠过道的一侧,而伯纳德占据了靠窗的座位,因为他是一名大气科学家,云彩有许多的话要对他说,跟我则没有话讲。

我们的身高都超过了一米八,都是褐发,而且大部分头发都还没脱。我们留着一模一样的小胡子——这胡子又是我们亡父的翻版。

我们的外表看上去人畜无害。我们就是一对老好人安迪·冈普[1]。

我们中间的位子空着，透着一种幽灵似的诗意。它本该属于我们的姐妹，年龄介于我和伯纳德中间的爱丽斯。她现在却没有坐在这个位子上，去参加她亲爱的亚历克斯叔叔的葬礼，因为她已经因癌症过世，死在了新泽西一群陌生人中间——享年四十一岁。

"肥皂剧！"有一次她谈到日益迫近的死亡时，这样对我和哥哥说道。她即将抛下四个小儿子，离开人世。

"闹剧。"她说。

嗨嚯。

*

她最后的日子是在一家医院度过的。那儿的医生和护士让她尽情吸烟，随意喝酒，爱吃什么就吃什么。

我和哥哥去看望了她一次。她连呼吸都很困难了。她曾经和我们俩一样高，但对一个女人来说，这是件很难堪的事。由于难为情，她的体态本来就很难看。而现在，她的身躯佝偻得就像一个问号。

她咳着，笑着，开了几个玩笑，具体是什么我已经记不清了。

然后她目送我们离开。"别回头。"她说。

---

[1] 安迪·冈普（Andy Gump）是美国漫画家西德尼·史密斯（Sidney Smith，1877—1935）在1917年创作的漫画人物。

所以我们没有回头。

她去世的时间和亚历克斯叔叔去世的时间差不多，都是在日落一两个小时之后。

如果没有发生以下事件，她的死亡就只是统计学上又一件毫不起眼的小事。两天前的早上，詹姆斯·卡马尔特·亚当斯死了——詹姆斯是我姐姐的丈夫，身体健康，在一家由他本人创办于华尔街一个格子间的面向采购代理的贸易期刊担任主编。他死在"经纪人专列"上，那是美国铁路史上空前绝后的一辆从打开的吊桥上冲出去的火车。

想想看吧。

*

这事千真万确。

*

伯纳德和我没有告诉爱丽斯她丈夫的事——她要是死了，监护孩子们的重任就落到他一个人身上了——但她终究还是发现了真相。一个走来走去的女病人将一份纽约《每日新闻》丢给了她，上面头版头条就是讲的那趟落水的列车。是的，而且里面还附有一份死亡和失踪者名单。

由于爱丽斯从未接受过任何宗教指导，而且她这一生也过得问心无愧,所以她只能将自己的厄运视为这个非常拥挤的世界里偶然发生的几起事故,除此之外不作他想。

她可真行。

*

心力交瘁,是的,再加上对经济状况的深深担忧,让她不禁吐出了这样的临终之言:她觉得自己其实并不擅长生活。

再插一句,劳莱与哈代也不擅长。

*

我和哥哥接管了她的家务事。她过世后,她的三个年长的儿子,年龄在八岁到十四岁之间,聚在一起开了一个会议,并拒绝任何成年人参加。最后他们走了出来,请求我们尊重他们仅有的两个要求:一是他们不要分开,二是他们不要和他们的两条狗分开。而她最小的那个儿子没有参会,他还只是个一岁左右的婴儿。

从此,那三个年纪较大的孩子就由我和我妻子简·考克斯·冯内古特抚养,和我们自己的三个孩子一块儿在科德角长大。而那个小婴儿先是和我们住了一段时间,然后由他父亲的大堂兄收养。那位堂兄现在是亚拉巴马州伯明翰市的一名法官。

就这样吧。

那三个大孩子保住了他们的狗。

*

我到现在都还记得她的一个儿子问我的问题——当时我们正驱车从新泽西开往科德角，两条狗就放在后座上。那孩子跟我和我父亲一样名叫"库尔特"，当年大概八岁。

我们由南向北行驶，所以对他来说我们前进的方向是向"上"。车上只有我们两个人，他的兄弟们已经先过去了。

"那儿的孩子和善吗？"他说。

"嗯，很和善。"我答道。

他现在是一个民航飞行员。

如今他们都已不再是孩子了。

*

他们其中有一个在牙买加的山顶上养山羊。这算是实现了我姐姐的一个梦想：生活在远离疯狂都市的地方，与动物为友。他那儿既没电话，也没有电。

他的生计极度依赖降雨。如果不下雨，他就是个废人。

*

那两条狗最后年老寿终。我常常和它们在地毯上打滚，一连几个小时，直到它们筋疲力尽。

*

是的,事到如今,我姐姐的几个儿子终于坦陈了一件曾让他们焦虑不已的诡异之事:他们无法在记忆中搜寻到自己母亲或父亲的半点踪影——哪儿都没有。

那个养羊的农民小詹姆斯·卡马尔特·亚当斯在对我提起这件事时,用手指点点额头,说:"它不是博物馆,它本该是的。"

我想,孩子大脑里的博物馆大概会在极端恐惧的时候自动清空,以保护他们免遭永久性的创伤。

*

不过就我自己而言,若是我一转眼就把姐姐给忘了的话,后果将不堪设想。有一件事我从未告诉过她,即她就是我长年写作的对象。她是我能达成无论何种艺术统一的秘诀,是我技艺的奥秘。我猜想,但凡能创造出具有完整性、流畅性作品的艺术家或创作者,其脑海中必然都存在着那样一位观众吧。

是的,她太好了,或者说大自然太好了,让我在她去世以后的好些年里还能感觉到她的存在,还能继续为她写作。可是在那之后,她还是渐渐消失了,或许因为在别的地方有更要紧的事等着她吧。

总而言之,到了亚历克斯叔叔去世的时候,我心中作为观众的她已消失得无影无踪。

所以在飞机上,哥哥和我之间的那个空位在我眼里显得越发地空。我尽力想要填满它,用的是当天早上出的《纽约时报》。

*

在等待去往印第安纳波利斯的飞机起飞时,哥哥送了我一点儿小礼物——他给我讲了马克·吐温的一个笑话,是关于吐温在意大利看的一出歌剧。吐温说他好久都没听过这样的东西了:"……自从孤儿院烧毁之后。"

我们都笑了。

*

他客客气气地问我的工作进展得怎么样。我想,他是尊重我的工作的,但同时又感到困惑。

我告诉他我感到很厌倦,但我一向都很厌烦工作。我跟他讲了一句据说是出自厌恶写作的作家雷纳塔·阿德勒的话:作家即厌恶写作的人。

我还告诉他,有一回,在我又一次抱怨自己的职业是多么让人不爽之后,我的经纪人马克斯·威尔金森写了封信给我,里面说道:"亲爱的库尔特,我从来都不知道有哪个铁匠热爱自己的铁砧。"

我们再一次笑了,不过我觉得我哥哥并不能完全理解这个笑话。他一生都在和他的铁砧度一场永不结束的蜜月。

＊

我告诉他我最近才去看了歌剧，我感觉《托斯卡》第一幕的布景看上去和印第安纳波利斯联合车站的内部一模一样。我说，当歌剧正式开演之后，我幻想着在背景的拱廊里标上轨道号，给交响乐队发铃和哨子，演一出关于蒸汽时代的印第安纳波利斯的歌剧。

"那时我们还年少，人群里混着我们的曾祖辈和我们的同辈，"我说，"以及中间每一代人。列车的到达和出发都将被播报。亚历克斯叔叔准备出发前往巴尔的摩当间谍。大学一年级的你将从麻省理工学院回家。"

"那儿有成群结队的亲戚，"我说，"目送旅行者们来来往往。还会有黑人提行李，擦皮鞋。"

＊

"在我的歌剧里，"我说，"舞台常常会变成制服般的泥土色。那就是要打仗了。"

"然后一切都会再次明亮起来。"

＊

飞机起飞之后，哥哥给我看了他随身携带的一件科学仪器。那是个连着一台小型录音机的光电池。他将电池对准云层。它感应到了在耀眼日光中人的肉眼看不见的电光。

那些神秘的闪电被录音机录了下来,变成了咔嚓咔嚓的声音。在它们出现之时,我们还可以用一个小耳机聆听它们的咔嚓声。

"那儿有个猛的。"哥哥宣布。他指的是远处的一朵积雨云,看上去活像生奶油堆成的派克峰。

他让我听它的咔嚓声。头两声很快闪了过去,接着是一阵寂静,然后又传来短促的三声,一切归于宁静。

"那朵云有多远啊?"我问他。

"呃——大概一百英里[1]吧。"他说。

我的感觉是:这太美妙了,我大哥居然如此轻易地侦测出了那么遥远的秘密。

*

我点了一根烟。

伯纳德已经戒烟了,因为他还要活好长时间,这很要紧。他还有两个年幼的儿子要抚养。

*

是的,当我大哥思索着云朵时,我的天才头脑里幻想的正是

---

[1] 英美制长度单位,1英里约合1.609千米。——编者注

本书的故事。它讲述了废弃的城市、精神上的人类相食、乱伦、孤独、爱的缺失、死亡，等等。它将我和我美丽的姐姐描述成怪物，以及如此种种。

这再正常不过了，因为我是在去葬礼的途中想出它来的。

*

它讲述了曼哈顿废墟中一个可怕老头儿的故事。瞧，那儿的人差不多都死光了，死于一种神秘的"绿死病"。

和他生活在一起的还有他那目不识丁、患佝偻病还怀着身孕的小孙女，梅洛迪。他到底是什么人？我想他就是我自己——尝试当了一回老年人的自己。

梅洛迪又是何人？我想了一会儿，原来她就是我姐姐留在我记忆中的残像。现在我相信，她就是我在假想自己迟暮之际，用残存的全部乐观、想象力和创造力构建的人物。

嗨囉。

*

这位老人开始写他的自传了。他的开篇——用我已故的亚历克斯叔叔的话来讲，宗教怀疑论者做晚间祷告时当以这几个字起头：

"致相关者。"

1

致相关者：

现在是春天。日暮时分。

在死亡之岛上的帝国大厦大厅里，一缕炊烟从水磨石地面燃着的灶火中升起，飘到了以前是34街的臭椿丛林上空。

丛林地面的人行道上出现了冻胀，爬满了树根，到处都坑坑洼洼，凹凸不平。

林中有一片小小的空地。在那儿有一位蓝眼睛、下巴凸出的白人老头儿，坐在曾是一辆出租车后座的座椅上，他身高两米，已经一百岁了。

我就是那个老人。

我的名字叫威尔伯·水仙-11·斯温医生。

*

　　我打着赤脚,身穿一件从美洲酒店的废墟中找到的用帷幔制成的紫色长袍。

　　我是美利坚合众国的前总统,也是最后一位总统,还是个子最高的总统,同时是史上唯一一位在入主白宫前离了婚的总统。

　　我居住在帝国大厦一楼,和我住在一起的还有我十六岁的孙女梅洛迪·黄鹂-2·冯·彼得斯瓦尔德,以及她的情人伊萨多·覆盆子-19·科恩。整栋大楼都归我们三人所有。

　　我们最近的邻居在一点五公里之外。

　　我刚刚听到了她的一只公鸡打鸣的声音。

*

　　我们最近的邻居叫作薇拉·花栗鼠-5·扎帕,是一位热爱生活的女性,而且也是我所认识的最擅长生活的人。她六十岁出头,是位身强力壮、吃苦耐劳的热心肠农妇。她的体格就像消防栓一样坚挺。她有奴隶,还待他们很好。她和她的奴隶们一块儿在东河的岸边喂猪,养鸡,养山羊,种玉米、小麦、蔬菜,栽葡萄。

　　他们还建了一座风车用来磨谷子、一座蒸馏房用来制白兰地,还有一间熏制室,等等。

　　"薇拉——"有一天我对她说,"只要你愿意为我们写一篇新的《独立宣言》出来,你就可以成为现代的托马斯·杰弗逊。"

＊

我是在大陆驾驶学校的信纸上写这本书的。梅洛迪和伊萨多在我们家六十四楼的一个壁橱里找到了三大盒信纸，还有十二打圆珠笔。

＊

从大陆过来的客人少得可怜。大桥垮掉了。隧道塌毁了。渡船都不敢接近这边，害怕染上这个岛上特有的一种瘟疫，人们称之为"绿死病"。

正是这种病让曼哈顿被冠以绰号"死亡之岛"。

嗨嚯。

＊

我最近经常说的一个词就是"嗨嚯"。它就像是老年人打的嗝儿。我活得太久了。

嗨嚯。

＊

今天的重力很小。我也因此勃起了。在这样的日子，所有雄性都会勃起。这是接近失重状态下的自然反应。在大多数情况下，它们与性冲动几乎没什么关系，对我这个年纪的男人而言，生活更是与性绝缘。它们是水压造成的效果——脏器紊乱的结果，不过如此。

嗨嚯。

*

今天的重力太弱了，我感觉自己都可以拿个窨井盖，蹦蹦跳跳地上到帝国大厦楼顶，然后一把将井盖掷到新泽西去。

乔治·华盛顿曾将一枚银币抛过了拉帕汉诺克河，我要是能把井盖扔到新泽西，无疑是比华盛顿更进了一步。可是仍然有一些人坚持认为世界上不存在进步这种事。

*

时常有人叫我"烛台之王"，因为我拥有一千多个烛台。

但我还是喜欢自己的中间名，"水仙-11"。我为它写了一首诗，当然也是有感于生活本身而作，诗歌如下：

> 我是种子，
> 我是块肉，
> 这块肉讨厌疼痛，

这块肉必须吃饭，
这块肉必须睡觉，
这块肉必须做梦，
这块肉必须大笑，
这块肉必须尖叫。
然而，作为一块肉，
当它装满填料，
请将它种下，
就像种一朵水仙花。

可谁会读呢？天知道。反正梅洛迪和伊萨多不会，肯定的。他们就和岛上其他所有年轻人一样，既不识字也不会写字。

他们对人类的过去没有半分好奇，也没兴趣了解大陆那边的生活是什么样的。

在他们看来，这座岛上曾经熙熙攘攘的居住者们所创造的最辉煌成就就是死亡，这样我们才能将它据为己有。

有一天晚上，我要他们说出三个最重要的历史人物的名字。他们表示反对，说这个问题对他们来说没有任何意义。

我坚持要他们无论如何把脑袋凑在一块儿，随便给我想出个答案来，他们照办了。这项功课让他们很恼火，也让他们感到痛苦。

最终，他们想出了一个答案。梅洛迪代表他们俩做了主要发言，只听她一本正经地说道："你，耶稣基督，还有圣诞老人。"

嗨喔。

*

在我不向他们提问的日子里,他们快活似神仙。

*

他们希望有朝一日能成为薇拉·花栗鼠-5·扎帕的奴隶。对此我没有异议。

2

我真得努力不一直写"嗨嚯"这两个字。

嗨嚯。

*

我出生在这里,纽约城。当时我还不是一株"水仙"。我受洗的名字叫威尔伯·洛克菲勒·斯温。

另外,我生下来的时候不是一个人。我有一个异卵双生姐姐。她被取名为伊莉莎·梅隆·斯温。

我们受洗的地方不是教堂,而是在医院,旁边也没有任何亲人或父母的朋友在场。实情是:伊莉莎和我长得太丑陋了,让我们的双亲感到羞耻。

我们是一对怪物,人们认定我们活不了太长时间。我们每只小手上长了六个手指头,每只小脚上有六个脚趾。我们的乳头也长多了——每个乳房上长了两个。

虽然我们长了一头先天智障那种标志性的糙乱黑发，但我们绝不是先天智障儿。我们是全新的物种。我们是类尼安德特人[1]。早在婴儿期，我们就具有成年化石人的面相——巨大的眉骨、倾斜的前额、蒸汽铲一般凸出的下巴。

*

我们被判定为智力缺失，而且会在十四岁之前死去。

谢了，可我现在依然活着，活蹦乱跳。如果伊莉莎不是在五十岁那年死于火星小人国殖民地外围的一次山崩，我敢肯定她也能活到现在。

嗨嚯。

*

我们的父母是一对傻乎乎的漂亮年轻人——凯莱布·梅隆·斯温和娘家姓洛克菲勒的利蒂希亚·范德比尔特·斯温。他们属于光鲜亮丽的富人阶层，美国人的后代——拥有一切，却以一种"愚人之智"摧毁了这个星球的美国人。他们着了魔一般

---

[1] 尼安德特人，化石智人之一，在约35万年前由海德堡人进化而来，大约在3万年前灭绝。

沉迷于将金钱变成权力，再将权力变回金钱，再把金钱重新变成权力。

不过凯莱布和利蒂希亚本身却人畜无害。据说，父亲很擅长下双陆棋，彩色摄影的技术也还过得去。母亲则活跃于全国有色人种促进协会。两人都不工作，都没大学毕业，虽然他们也都曾努力过。

他们能言善写，相亲相爱。对于自己糟糕的学业，他们的态度甚是谦恭。他们都是好人。

至于他们为生出了一双怪物儿女而崩溃这件事，我不能怪他们。生下伊莉莎和我这样的人，换了任何人都会崩溃。

*

等我自己有了孩子之后，我明白了在为人父母上，凯莱布和利蒂希亚至少不比我差。我对自己的孩子极其冷漠，尽管他们在各个方面都很正常。

要是我的孩子像我和伊莉莎一样是怪胎的话，或许会更招我喜欢吧。

嗨喔。

*

有人建议年轻的凯莱布和利蒂希亚不要在海龟湾抚养我们，免得伤了自己的心，还要冒着家具受损的风险。我们不再是他们的亲生子女，还不如鳄鱼崽子亲呢，那些人说道。

凯莱布和利蒂希亚的回应相当人道，同时也极端昂贵，极端哥特。他们没有选择把我们藏在某家专门对付我们这种案例的私人医院，而是将我们关进了他们从祖上继承的一座阴森森的古宅——它坐落在佛蒙特州盖伦村附近一座山的山顶上，位于两百英亩[1]苹果园的正中央。

那儿已经有三十年没人住了。

*

木匠、电工、水管工被轮番送了进来，将这儿变成伊莉莎和我的天堂。覆盖整个地面的地毯下铺了厚厚的橡胶垫，以防我们跌倒的时候受伤。饭厅里整整齐齐地镶满了瓷砖，地上还有排水孔，以便在每顿饭后把我们和整个房间一道冲洗干净。

还有一点，可能也是更重要的一点，即两道带刺的铁丝网围栏竖了起来。一道围着果园，另一道围着大宅，用来隔开那些窥探的视线——来自那些必须时常放进第一道防线来照料苹果树的工人。

嗨嘬。

---

[1] 英制面积单位，1英亩合4046.86平方米。——编者注

用人就近雇了一个。一个厨子。负责清洁的有两个女工和一个男工。还有两个护工给我们喂饭、穿衣服、脱衣服，并给我们洗澡。我印象最深的是身兼警卫、司机和勤杂工三职的威瑟斯·威瑟斯普恩。

他母亲的娘家姓威瑟斯，父亲姓威瑟斯普恩。

*

是的，他们都是纯朴的乡下人，除了当过兵的威瑟斯·威瑟斯普恩之外，全都没出过佛蒙特州。他们甚至极少走出盖伦村十英里之外——彼此之间难免会血脉相连。

伊莉莎和我自然也跟他们有一点点血缘关系，因为，这么说吧，以前我们的佛蒙特祖先只满足于待在自己狭小的基因池子里没完没了地狗刨。

不过，在那时候的美国体制里，他们和我们家族相比可以说就像是鲤鱼对鹰，因为我们已经进化成为周游世界者和百万富翁之家。

嗨嚯。

*

是的，我们的父母轻而易举就收买了这些祖上遗留下来的活化石及其忠心。他们领的薪水不算丰厚,但在他们看来可是一笔巨款,因为他们脑子里掌管赚钱的那根神经太原始了。

他们得到了大宅里舒适的房间,还有彩色电视机。他们受到纵容,可以吃得像皇帝,可以向我们的父母随便提要求。他们要做的工作也很少。

更棒的是,他们平时都不必自己动什么脑子,一切全听住在村庄里的一个年轻的全科医生指挥。他名叫斯图尔特·罗林斯·莫特,每天都会来看望我们。

造化弄人,来自得克萨斯的莫特医生是个忧郁孤僻的年轻人。直到今天我都不知道是什么促使他远离自己的家乡和亲人,跑到佛蒙特的一个因纽特部落行医。

日后,历史将会为我们的关系添上古怪——大概也毫无意义——的一笔:莫特医生的孙子将在我的第二个美国总统任期里当上密歇根国王。

我忍不住又"打嗝"了:嗨嚯。

*

我发誓:要是我能活着完成这部自传,我会将它从头到尾检查一遍,删去所有"嗨嚯"。

嗨嚯。

是的,房子里有一套自动喷水灭火系统,门窗和天窗上都装着防盗报警器。

我们越长越大,越长越丑,等我们长到可以折断胳膊、拧下头颅的年龄,他们就在厨房里装了一个大锣,每个房间乃至走廊里每隔一段距离都设有桃红色按钮与之相连。那些按钮在黑暗中闪闪发光。

只有在我和伊莉莎开始杀人取乐的时候,才能按下按钮。

嗨嚯。

3

父亲带着一个律师、一个医生和一个建筑师来到盖伦村,监督为我和伊莉莎而做的大宅翻修工程,并负责雇用工人和莫特医生。母亲留在了曼哈顿,留在他们位于海龟湾的联排别墅里。

出人意料的是,海龟已经成群地回到了海龟湾。

薇拉·花栗鼠-5·扎帕的奴隶想抓它们来炖汤。

嗨嚯。

*

在父亲去世之前,父母极少会分开一两天以上,而那次正是属于这种极少的特例。父亲从佛蒙特写了一封措辞优美的信给母亲。母亲去世后,我在她的床头柜里找到了它。

这大概是他们之间的唯一一次通信。

"我最亲爱的蒂丝——"他写道,"我们的孩子在这儿会过得非常开心。我们足以自豪。我们的建筑师足以自豪,工人们足以自豪。

"无论我们孩子的生命多么短暂,我们都会赐予他们尊严与幸福。我们已为他们创造了一颗美好的小行星,这个小世界里除了一座大宅之外,全部被苹果树覆盖。"

*

然后他回到了海龟湾自己的那颗小行星。从那以后,他和母亲再次遵从医生的建议,每年来看望我们一次,每次都是在我们生日那天。

他们的褐砂石豪宅依旧屹立不倒,依旧温暖舒适,遮风挡雨。现在,它成了我们最近的邻居薇拉·花栗鼠-5·扎帕安置奴隶的地方。

*

"最后,等伊莉莎和威尔伯死后上了天堂,"我们的父亲在信中继续写道,"我们可以将他们安葬在斯温的先祖们中间,葬在苹果树下我们的家族墓地里。"

嗨嚯。

*

那座墓地和大宅只有一个围栏之隔，里面埋的大部分是佛蒙特的苹果农及其伴侣和子孙，都是些没有身份的人。他们许多人无疑就像梅洛迪和伊萨多一样，目不识丁，愚昧无知。

也就是说，他们都是纯真无邪的大猩猩，没有太多的资源去搞恶作剧，而在我这个很老很老的老人看来，恶作剧正是人类存在的全部意义。

*

墓园里有许多墓碑都已沉入地底，还有许多倒塌了。而那些依然屹立的石碑则饱受雨雪风霜的侵蚀，上面的墓志铭已经模糊不清。

然而有一座巨大的墓碑却显然可以挺过世界末日（它刚刚过去）。它有厚厚的花岗岩壁、一块石板顶盖和几扇巨大的门。这座陵墓的主人是我们家族产业的缔造者，也是这座大宅的建造者，伊莱休·罗斯福·斯温教授。

*

我得说，斯温教授是我们所有已知的先祖中最有智慧的一位，像什么洛克菲勒啦，杜邦啦，梅隆啦，范德比尔特啦，道奇之类，

闹剧

全都不及他。他十八岁拿到了麻省理工学院的学位,二十二岁那年,他在康奈尔大学创立了土木工程系。那个时候,他手上已经握有好几个铁路桥和安全装置方面的重要专利,仅凭这些就能迅速创造百万美元财富。

但他并不满足于此。于是他创立了斯温桥梁公司,设计并监督建造了这个星球一半的铁路桥。

*

他是一位世界公民,会说很多种语言,和许多国家首脑私交甚密。然而到了为自己建造一座宫殿的时候,他却选择将它建在自己目不识丁的先祖们所在的苹果树林。

在伊莉莎和我到来之前,他也是唯一热爱着那片荒蛮之林的人。我们在那儿过得快活极了!

*

虽然斯温教授已经过世半个世纪,我与伊莉莎却和他分享着一个秘密。用人们全都蒙在鼓里。我们的父母亲也不知道。就连装修工人们好像也从未起过一丝疑心,虽然他们在装水管、电线和取暖管道的时候肯定把这千奇百怪的谜一样的空间全都敲了个遍。

我们的秘密就是:在这个大宅里还隐藏着一个小宅,通过暗门和一些滑动的隔板可以进入它的内部。它里面有各种隐藏的阶梯、通道、窃听点和窥视孔，还有隧道。

这样一来，伊莉莎和我实际上可以——比方说，消失在最北端塔楼顶上大厅的一座巨大的落地大摆钟里，然后通过伊莱休·罗斯福·斯温教授陵墓地面的一扇暗门，出现在将近一公里之外的地方。

*

我们还知道教授的另一个秘密，是通过阅览他留在大宅里的一些文件发现的。事实上，他的中间名本来不叫罗斯福。他是在进麻省理工的时候给自己起了这个名字的，以让自己显得更像贵族。

他的洗礼证明上的名字是伊莱休·威瑟斯普恩·斯温。

我想，大概正是受他这一先例的启发，后来我和伊莉莎才想到要给每个人都起一个新的中间名。

闹 剧

4

　　斯温教授死的时候很胖,我想象不出他如何能够塞得进任何一条秘密通道。这些通道都非常狭窄,但却容得下身高两米的伊莉莎和我,因为它们的天花板很高。

　　是的,斯温教授死于肥胖,他就死在这栋大宅里,死在他为萨缪尔·兰亨·克莱门斯[1]和托马斯·阿尔瓦·爱迪生举办的致敬晚宴上。

　　那些逝去的日子。

　　我和伊莉莎找到了当时的菜单,上面第一道菜就是海龟汤。

*

　　用人们有时候会互相说起这个房子闹鬼的事。他们听到墙里传

---

[1] 萨缪尔·兰亨·克莱门斯(Samuel Langhorne Clemens)是美国作家马克·吐温(Mark Twain,1835—1910)的原名。

出喷嚏声和咯咯的笑声，没有楼梯的地方发出楼梯的嘎吱声，没有门的地方响起门的开合声。

嗨嚯。

*

作为曼哈顿废墟里的一名百岁老疯子，我可以激动地大声呼喊：我和伊莉莎在那栋闹鬼的老宅里经受了难以言喻的残酷之事。而事实上，我们俩可能是有史以来最快乐的孩子。

极乐的时光一直持续到我们十五岁那年。

想想看吧。

是的，当上儿科医生之后，我回到了我长大的这栋宅子，成了一名乡村医生。我一直将自己的童年记在心里，每逢遇到幼稚无知的病人时，我总是告诉自己："这个人才刚刚降生在这个星球，还对它一无所知，也没有任何判断它的标准。这个人并不在乎它会变成什么样子。它正迫不及待地要成为人们期望它成为的一切。"

这无疑也是伊莉莎和我幼年时的心理状态。当时我们接收到的一切信息都在暗示着一件事：在我们所在的星球上，做傻瓜是一件幸福的事。

于是我们把自己培养成傻瓜。

我们在别人面前从不连贯地讲话。"噗"，以及"嘟"，这就是我们的语言。我们淌着口水，翻着眼球，时而放屁，时而大笑。我们吞吃糨糊。

嗨嚯。

*

　　试想：对照料我们的人来说，我们就是他们生活的重心。只有伊莉莎和我一直生活得卑微、无助，他们才能自视为基督式的英雄。要是我们俩对外表现得聪明自立，他们就会沦为我们乏味无趣的低贱附庸。要是我们有了足够的能力在外面的世界立足，他们就会丢掉高薪的工作，失去寓所和彩电，他们自以为是医生和护士的幻觉也会随之破灭。

　　所以我敢肯定，他们打从一开始就无意识地祈求我们一直卑微无助下去，每天祈求千百次。

　　只有在一点上，他们希望我们循着人类进步的阶梯爬上一小步——他们满心期望的是，我们能学会上厕所。

　　同样：我们乐于遵命。

*

　　但在私底下，我们四岁就会用英文读写，七岁就掌握了法语、德语、意大利语、拉丁语和古希腊语，并学会了微积分运算。

　　大宅里有数千卷藏书。到了十岁那年，我们就已在烛光下把它们全部读完了。阅读时间通常是在午睡或晚上上床之后，有时在秘密通道里读，也常常在伊莱休·罗斯福·斯温的陵墓里读。

*

  但只要有成年人在场,我们就继续淌口水,咿咿呀呀扮傻瓜。这么做很好玩。

  我们并没有欲望当众展示我们的智慧。无论如何,智慧在我们看来并不是什么有用或有魅力的东西。我们觉得它不过是进一步印证了我们的畸形,就和增生的乳头及手指、脚趾没什么两样。

  在这一点上我们可能是对的。你知道吗?

  嗨嚯。

闹　剧

5

　　与此同时，那位奇怪的年轻人，斯图尔特·罗林斯·莫特医生，每天都会来给我们称体重，量身高，窥探我们身体上的孔洞并采集我们的尿液，日复一日。

　　"大家今天感觉怎么样？"他会问。

　　我们以"噗"和"嘟"之类的声音作答。他被我们称为"弗洛卡·屁股"[1]。

　　我们竭尽全力让自己每天都过得和前一天一模一样。比如，每次"弗洛卡·屁股"对我们的好胃口和正常排便表示祝贺时，我一定会把大拇指插进自己的耳朵，摆动手指，而伊莉莎则会掀起裙子，猛弹自己腰上的连裤袜松紧带。

　　那个时候，我和伊莉莎坚信：只要不断重复十几个例行仪式，不去扰乱它们的进行，生活就可以毫无痛苦。直到现在我还相信

---

[1] 弗洛卡·屁股（Flocka Butt）与莫特医生（Doctor Mott）谐音。

这一点。

我认为,理想状态下的生活当如小步舞、弗吉尼亚里尔舞,或是火鸡舞,那种在舞蹈学校轻易就能够掌握的东西。

*

直到现在,我对莫特医生的判断依然摇摆不定,有时候我觉得他是爱我和伊莉莎的,他知道我们有多么聪明,并希望保护我们不被外面残酷的世界所伤;而在其他时候,我又觉得他只不过是个糊涂蛋而已。

母亲去世后,我在她床脚下找到了一个衣箱,里面塞满了一袋袋莫特医生对我和伊莉莎的健康所做的双周报告。他谈到了我们消耗又排出的食物量日益增大,还谈到了我们俩从不消退的快活劲儿,以及对常见儿童疾病的先天抵抗力。

他报告的那些事,就连木匠的帮工都能一眼看出来——比如说,伊莉莎和我在九岁那年的身高超过两米。

然而,无论我和伊莉莎的体形变得多么巨大,他的报告中总有一个数字是恒定不变的,即我们的心理年龄一直停留在两岁到三岁之间。

嗨嚯。

闹　剧

*

　　我由衷希望能在九泉之下重逢的人屈指可数，姐姐无疑是，"弗洛卡·屁股"无疑也是。

　　我到死都想找他问清楚，他究竟是怎么看待小时候的我们的——他起过多大疑心？又知道多少真相？

*

　　在智力这一点上，我和伊莉莎在他面前肯定露出过成千上万次马脚。我们不是最高明的骗子。毕竟，我们还只是孩子。

　　很有可能我们在他面前咿咿呀呀的时候，不小心用了他听得懂的某种外语。他也有可能进过大宅的藏书室——那地方提不起用人的兴趣——然后发现里面的书不知为何被翻乱了。

　　他甚至还可能阴差阳错地发现了那些秘密通道。我知道他在给我们做完检查以后，常常在房子里四处晃荡，对此他向用人解释说他的父亲是一名建筑师。或许他曾经亲身进入了秘密通道，看到了我们在那儿读过的书，以及满地滴落的蜡烛油。

　　谁晓得呢？

*

　　我还想弄明白的是，他那谜一般的忧伤从何而来。我和伊莉莎小时候太过沉浸在自己的二人世界，几乎从不曾注意其他任何人的感情状态。然而莫特医生的忧郁却给我们留下了很深的印象。所以那忧伤一定深入骨髓。

*

我曾问他的孙子，密歇根国王斯图尔特·黄鹂-2·莫特，问他知不知道为什么莫特医生对生活如此绝望。"那时候重力还没有变得扭曲，"我说，"蓝天还没有变黄，如今再也不会变回蓝色。这个星球的自然资源还没有消耗殆尽。这个国家的人口也还没有被阿尔巴尼亚流感和绿死病消灭。"

"你的祖父拥有一辆很棒的小轿车、一座漂亮的小房子、一份体面的小事业、一位美丽的小妻子，以及一个可爱的小孩子，"我继续对国王说，"但他却如此忧郁！"

我和国王会面的地方恰巧是他位于印第安纳北部马克辛库奇湖的宫殿，卡尔弗军事学院曾经坐落在那里。当时我在名义上仍然是美利坚合众国总统，却已不掌控任何实权。国会已不复存在，联邦法院系统、财政部、军队，一切都成了过去时。

整个华盛顿地区可能只有八百人幸存。我去觐见国王的时候，手下仅剩一人。

嗨囉。

*

他问我是不是把他当成敌人,我答道:"天哪,当然不是。陛下,我很高兴能有像您这么有才干的人来统治中西部,赋予它法律和秩序。"

*

当我追问他关于他祖父莫特医生的事时,他开始不耐烦了。
"老天爷,"他说,"美国人哪晓得他爷爷奶奶的事?"

*

那时候他还很年轻,骨瘦如柴,身体柔韧,是一个艰苦朴素的圣战士。后来我孙女梅洛迪认识他的时候,他已经变成了一个猥琐不堪、纵欲过度的胖老头儿,身披缀满了宝石的长袍。

*

我见他的那会儿,他身着一件士兵穿的朴素的束腰外衣,没有挂任何职级徽章。
我自己则是一身恰如其分的小丑装束——大礼帽,燕尾服,条纹裤子,银灰色的马甲和同色绑腿,发黄的白衬衫,领圈和领带。我的马甲腹部挂着一条金表链,它属于我祖上一位叫约翰·D.洛克菲勒的人,标准石油公司就是由他创办的。

表链上挂着我在哈佛获得的优等生荣誉学会会员钥匙,以及一个很小的塑料水仙花。那个时候,我的中间名已依照法律从洛克菲勒改成了水仙-11。

"据我所知,"国王接着说,"我们家族里,莫特医生那一支系没出过任何谋杀、贪污、自杀或酗酒嗑药问题。"

那年他三十岁。我七十九岁。

"可能祖父只是属于那种天性忧郁的人,"他说,"你想过这种可能性吗?"

6

或许真的有人天性忧郁。我当然希望这不是真的。

就拿我和我姐姐来说:我们天生就有能力,也有决心在每时每刻都活得快乐无比。

恐怕在这一点上我们也是怪胎。

嗨嚯。

*

幸福是什么?

对我和伊莉莎而言,幸福就是能够永远彼此相伴,拥有许多用人和美食,住在一栋装满书籍的宁静大宅里,在一颗苹果树覆盖的小行星上像一副大脑的左右半球那样一起长大。

我们常常亲昵地互相抚摩拥抱,但这样做纯粹是出于智力的意图。诚然,伊莉莎七岁就性成熟了。而我的青春期直到二十三岁从哈佛医学院毕业的那一年才迟迟到来。我和伊莉莎的身体接触只是为了增加我们大脑的亲密度。

由此,我们俩创生出了一个独一无二的天才,他随着我们的分离而死亡,然后随着我们的再度结合而重生。

*

那位天才一分为二,就是我们俩,每一半作为个体来看可以说是残废。他是我们人生中最重要的人,但我们却从未给他起过名字。

比方说,在我们学习读书写字的时候,实际上都是我在读和写,伊莉莎一直到死都大字不识。

然而我们每次大的直觉性行动都是由伊莉莎完成的。是她判定对我们最有利的做法是在装聋作哑的同时学会自己如厕,也是她猜到了书的用途以及书页上那些小记号的意义。

是伊莉莎觉察出房子里有些房间和走廊的空间有异,我则负责了实际的、系统性的测量工作,然后拿着螺丝刀和菜刀查探了墙壁嵌板和镶木地板,寻觅通往另一个世界的大门。最后我们真的找到了。

嗨嚯。

*

是的,我负责读书。现在回想一下,一战前出版的印欧语系书籍全是我大声朗读的。

然而负责记忆的却是伊莉莎,她还会告诉我我们接下来必须学些什么。她将看似毫不相干的思想联系在一起,以得出新的思想。是伊莉莎在排列组合。

*

老宅里自1912年之后就没进过什么新书,因此我们获得的许多信息都未免过时得无可救药。也有许多知识超越了时间。还有很多蠢到了家,比如我们学的那些舞蹈。

只要我愿意,我就可以在这儿,在纽约的废墟中,像模像样地跳上一支和古人跳得分毫不差的塔兰台拉舞[1]。

*

当我和伊莉莎合为一体进行思考时,是否真是一个天才?

我不得不回答"是",特别是从我们无师自通这一点来看更是如此。我这么说并不是在自吹自擂,因为我只是那个好脑袋的一半。

我还记得我们对达尔文进化论的批判,出发点就是生物在试图进化自身时会变得极端脆弱,譬如在生出翅膀或甲壳期间,还没等

---

[1] 意大利南部的一种民间舞曲。

它们卓越的新特征修成正果，更讲求实际的动物就会来把它们吃个一干二净。

至少，我们做过一个准得吓人的预言，直到现在，我一想起来依然如遭雷击。

听着：我们讨论的起点是一个古老的谜团——古人如何在没有任何现代能源和工具的情况下竖立起埃及和墨西哥金字塔、复活节岛的巨像，以及巨石阵的荒蛮拱顶。

我们得出的结论是：古代肯定有某段时间的重力很弱，以至人们可以用巨大的石块玩掷骰子。

我们甚至认为地球的重力不可能长时间保持恒定，那才不自然呢。所以我们预言，重力随时都有可能再次变得起伏不定，就像风和冷热，暴雪和骤雨。

*

是的，另外，我和伊莉莎还对美利坚合众国宪法做出了早熟的批判。我们指出，它堪比任何一个为苦难而存在的体制，因为它依靠人民自身的力量来为普罗大众争取适当的幸福和尊严，却并没有具体提出任何可行的机制让人民——相对于他们选举出来的代表——强大起来。

我们指出有一类人，他们并没有很多钱，也没有有权有势的朋友或任何公职，却是真正的强者，然而宪法的制定者却对他们的美视而不见。

我们认为，制宪者并没有意识到有一种自然存在因而不可避免的可能性，即人类在持续的极端状态下应当考虑将自己划分成新的家庭。我和伊莉莎指出，这种情况在民主国家出现的概率不亚于集权国家，因为全世界的人都是一样的，都是昨天才刚刚迈入文明时代。

这样一来，当选的代表就会被归入一个由当选代表组成的强大的名门家族，于是他们自然而然就会对其他各类家族心生警惕，感到不安，变得吝于付出。这自然而然又会导致人类进一步的分化。

作为一个天才大脑的左右半球，我和伊莉莎共同提议修改宪法，保证每一位公民，无论多么卑贱，多么疯狂，多么无能，多么畸形，都能被纳入一个家族，一个与他们的公仆之家一样狼狈为奸、秘密排外的家族。

我们可真行！

*

嗨嚯。

7

　　如果我们这两只丑小鸭能越长越美的话，那该有多好啊！尤其是伊莉莎，因为她是个女孩。可是日子一天天过去，我们的样貌只是越变越畸形。

　　作为男性，身高两米还是有点好处的。从私立中学到大学，我一直是位受人尊敬的篮球手，即便我的肩膀很窄，嗓音尖细如短笛，甚至连一根胡子和阴毛都没长过。是的，到了后来，我的声音变得低沉，等到我代表佛蒙特州竞选议员的时候，我终于可以在我的宣传板上写道："大人做大事！"

　　然而和我身高完全一样的伊莉莎无论走到哪儿，都没有成为万人迷的指望。历史上找不出任何自欺欺人的传统角色可套用于一个如此畸形的女人——长了十二个手指、十二个脚趾、四个乳头，类尼安德特人似的半天才，体重一百公斤，身高两米。

*

早在很小很小的时候,我们就有了自知之明,知道自己永远不可能在任何选美比赛中获胜。

对此,伊莉莎无意中说过一句后来不幸应验的话。她说这话的时候顶多只有八岁——她说她也许可以赢得火星上的选美比赛。

诚然,她命中注定要死在火星。

伊莉莎获得的"奖品"将是一次黄铁矿山崩。黄铁矿这种物质有一个更为人所知的名字,"愚人金"。

嗨嗰。

*

在童年时代,我们曾一度真心地认为生得不美是一种幸运。我常常手舞足蹈、用尖厉嗓音大声朗读的那些爱情小说告诉我们:美人的私人世界都会被热情的陌生人毁掉。

我们不希望那种事发生在自己身上,因为我们两个人不仅构成了一个完整的大脑,还构成了一个完全饱和的宇宙。

*

对于我们的外表,我至少还得说明一点:我们身上穿的都是用钱可以买到的最名贵服饰。我们惊世骇俗的体形几乎每个月都在发生剧变，但在父母的指示下，会有人定期给我们量尺码，然后邮寄给世界一流的男女装裁缝，以及鞋帽匠，为我们定制服装。

即便我们从不出门，护工们也会怀着孩子般的兴奋之情给我们穿衣脱衣，根据假想出来的上流社交活动来打扮我们——就好像我们真的要去参加茶会，看马术表演，度假滑雪，进昂贵的私立学校上课，或是在曼哈顿当地看一场夜场戏剧，然后享用一顿摆满香槟酒的晚餐。

诸如此类。

嗨喽。

*

我们对这一切之中蕴含的喜剧心知肚明。可是，虽然我们俩将脑袋凑在一起的时候聪明绝顶，却一直到十五岁才意识到自己的经历同样是一场悲剧。我们以为丑陋只会让外界的人感到可笑，却万万没有料到自己居然丑到了让冷不防见到我们的陌生人作呕的地步。

我们太天真了，完全搞不清一副好皮囊的重要性。有一天，我在伊莱休·罗斯福·斯温教授的陵墓中为伊莉莎大声朗读了《丑小鸭》的故事，可我们都看不出它有什么意义。

众所周知，一群鸭子养大一只小鸟，鸭子认为这只小鸟是它们见过的最可笑的鸭子，然而它长大之后却变成了天鹅。

我还记得，当时伊莉莎说，她觉得如果那只小鸟摇摇摆摆地走上岸去变成一只犀牛的话，这个故事会好得多。

　　嗨嚯。

8

我和伊莉莎躲在秘密通道里偷听时,从没听到过谁说我们俩的坏话,直到我们十五岁生日的那天晚上。

用人们见惯了我们,所以几乎从不提及我们,即便在最私人的时间都不会讲我们的闲话。莫特医生只关心我们的胃口和排泄这两个话题。父母则太嫌恶我们,以致每年他们跨越星际来到我们这颗小行星的时候,舌头都会打结。我记得,父亲总是吞吞吐吐、无精打采地对母亲讲着他在新闻杂志上读到的世界大事。

他们会给我们带来F. A. O. 施瓦茨玩具店的玩具——卖场保证它们有助于开发三岁儿童的智力。

嗨嚯。

*

是的,我想到了我瞒着年轻的梅洛迪和伊萨多的秘密——瞒着是为了他们内心的安宁着想。那些秘密关乎人类的状况，即人死后的世界一点儿也不美好等事实。

然后我再一次惊异于我和伊莉莎久久未能发觉的那个完美卓绝的秘密：我们的亲生父母希望我们早点去死。

*

我们懒洋洋地想象着我们十五岁的生日，以为它会像以往所有生日一样过去。我们演出自己一贯演出的老戏码。父母会在晚餐时间，即下午四点到达大宅。我们会在第二天收到我们的礼物。

在铺满瓷砖的饭厅里，我和伊莉莎朝对方扔着食物。我扔的一个牛油果砸中了她，她扔的一块菲力牛排命中了我。我们打掉了女仆手上端的派克餐包，装作不知道父母已经到了，正透过门上的缝隙窥视我们。

是的，然后，还没当面迎接双亲的我们被带去沐浴，涂爽身粉，然后套上睡衣、浴袍和拖鞋。上床时间是五点，因为我和伊莉莎假装一天要睡十六个小时。

护工奥维塔·库珀和玛丽·塞尔温·柯克告诉我们，图书室里有一个很棒的惊喜在等着我们。

我们为这个未知的惊喜装疯卖傻了一番。

当时的我们已是两个发育完全的巨人。

我拽着一个据称是我最心爱的玩具橡胶小船，伊莉莎一头鸡窝一样的炭黑乱发上扎着一根红色丝带。

*

像往常一样，我和伊莉莎被带进房的时候，一张大咖啡桌隔在了我们俩和父母中间。像往常一样，我们的父母啜着白兰地。像往常一样，壁炉里松木和多汁的苹果木烧得噼里啪啦，火星四溅。像往常一样，伊莱休·罗斯福·斯温教授从壁炉架上方的油画里面带微笑地俯视着仪式现场。

像往常一样，父母站起身来，向我们咧出笑脸，而我们依然没有认出那笑容中五味杂陈的恐惧。

像往常一样，我们装出一开始没有认出他们但觉得他们很讨人喜欢的样子。

*

像往常一样，父亲负责讲话。

"嗨，伊莉莎，威尔伯，你们可好？"他说，"你们的精神看上去好极了。很高兴见到你们，还记得我们是谁吗？"

我和伊莉莎开始手足无措地交头接耳，淌着口水，喃喃念叨起古希腊语。我还记得伊莉莎用古希腊语对我说，她不敢相信我们居然和那样的漂亮洋娃娃有血缘关系。

父亲给我们解了围。他说出了我们数年前给他起的名字。"我是爸斯-鲁。"他说。

我和伊莉莎装作大吃一惊。"爸斯-鲁！"我们互相喊着，不敢相信自己的好运气。"爸斯-鲁！爸斯-鲁！"我们喊道。

"而这一位，"他指了指母亲，说道，"是妈布-拉布。"

这个消息让我和伊莉莎更激动了。"妈布-拉布！妈布-拉布！"我们大叫。

这时，我和伊莉莎的智力像往常一样跳跃了一大步。还没等任何人给出任何暗示，我们就从父母出现在房子里这一点得出结论：我们的生日马上就要到了。于是我们开始反复念叨着"森热"——"生日"二字的痴呆说法。

像往常一样，我们装出激动过度的样子，跳上跳下。由于我们的体形太过庞大，连地板都开始像蹦床一样上下抖动起来。

突然间，我们停了下来，一如往常，假装乐过了头以致引发了紧张型精神分裂症。

演出到此结束，一如往常。然后我们就被带了出去。

嗨嚯。

9

我们被放在两张定制的婴儿床上——它们分别位于一墙之隔的两间卧室里。墙里有一块隐藏的嵌板连通了两个房间。婴儿床像铁路上的平板车一样大,合上它的侧栏时会发出嘎吱嘎吱的巨响。

我和伊莉莎假装立即就入睡了。但过了半小时以后,我们便在伊莉莎的房间再次碰面。用人从不会来探视我们。反正我们的身体健康得很,而且我们还树立起了良好的风评,用他们的话说就是:"……上床之后乖巧得像金子一样。"

是的,我们钻进了伊莉莎床下的一个暗门,然后通过我们自己在墙上钻的一个小孔,以及伊莱休·罗斯福·斯温教授那幅画像的画框上角,轮流窥看藏书室里的父母。

*

父亲在跟母亲说他前一天从新闻杂志上读到的一件事,好像讲的是小人国的科学家正在做人类微缩的试验，这样人们就用不着吃那么多，也不用穿那么大的衣服了。

母亲入神地盯着炉火。父亲不得不把这则有关小人国的传言复述了一遍。他说第二遍的时候，母亲心不在焉地答道：她相信袖珍人大概可以办到任何事，只要他们想得到。

就在一个月以前，袖珍人派出两百名考察者到达了火星——没有借助任何宇宙飞船之类的工具。

西方世界没有一个科学家能猜得出他们究竟用了什么法术。袖珍人自己并没有对外透露任何细节。

*

母亲说，美国人好像很久很久都没有什么新发现了。"突然之间，"她说道，"所有的东西都开始由袖珍人发现。"

*

"我们曾经发现一切。"她说。

*

这真是一场让人目瞪口呆的谈话。如此死气沉沉，我们来自曼哈顿的年轻漂亮的父母恐怕快要在蜜罐里窒息了。正如他们一贯给我和伊莉莎的印象，他们表现得就好像是受了某种诅咒，只能一直讨论自己一点儿都不感兴趣的话题。

事实上他们确实受过诅咒，但我和伊莉莎并没有猜出它的实质：他们只不过是希望自己的亲生孩子死去，只不过是被这个愿望压得喘不过气，动弹不得。

我向你保证他们就是这么想的，虽然我所凭借的只不过是我发自骨头里的直觉——他们中并没有任何一个人以任何一种方式表示过希望我们死的意思。

嗨嚯。

*

然后，火炉里发出了砰的一声巨响。蒸汽在某块潮湿木头的空洞里膨胀，它必须找到一条出路。

是的，母亲吓得尖叫起来，因为她就像其他一切生命体一样，也是多种化学反应的统一体。她身体里的化学物质迫使她以尖叫来回应这砰的声音。

然而，化学物质在驱使她尖叫之后，又想要她做更多的事。它们认为是时候让她说出对我和伊莉莎的真实想法了，于是她照办了。当她说出口的时候，其他的一切都乱了套。她的手抽搐着紧握在一起，脊背弓了起来，脸上现出一道道的皱纹，她整个人一下子变成了一个很老、很老的巫婆。

"我恨他们，我恨他们，我恨他们。"她说道。

＊

　　没过几秒，母亲就咬牙切齿地直接吐出了她所恨之人的名字。
　　"我恨威尔伯·洛克菲勒·斯温和伊莉莎·梅隆·斯温。"她说。

10

那天晚上母亲患了短暂的失心疯。

在后来的日子里,我对她有了相当的了解。虽然我从未学会去爱她,或是去爱其他任何人,但我很钦佩她能从始至终、一视同仁地对所有人都保持礼数。她并不是毒舌的妇人。无论是在公共场合还是私下,她从不说损人名誉的话。

所以,在我们十五岁生日那晚说出"我怎能去爱德古拉伯爵[1]和他的红脸新娘?"——指我和伊莉莎——的那个人并不是我们真正的母亲。

也不是我们真正的母亲在质问父亲:"我究竟是怎么生出这样一对淌着口水的图腾柱的?"

诸如此类。

---

[1] 出自哥特式恐怖小说《德古拉》的吸血鬼角色。——编者注

闹　剧

*

父亲伸出手臂将她揽在怀里。他流下了爱与怜悯的泪水。

"凯莱布，噢，凯莱布——"她在他的怀中说道，"那不是我。"

"当然不是。"他说。

"原谅我。"她说。

"当然了。"他说。

"神会宽恕我吗？"她说。

"他已经宽恕你了。"他说。

"就好像有一个恶魔突然占据了我的身体。"她说。

"就是那样，蒂丝。"他说。

她的疯狂正在平息。"噢，凯莱布——"她说。

*

为了避免让人误会我有博取同情的嫌疑，现在请让我澄清一点：那个时候我和伊莉莎的感情完全不比新罕布什尔州的"大石脸"[1]脆弱。

如果说我们需要父母的爱，那鱼就需要自行车了，诚如此言。

---

[1] 指美国小说家纳撒尼尔·霍桑（Nathaniel Hawthorne, 1804—1864）所写的一篇短故事中虚构出来的一块形似人脸的岩石，位于一个类似于新罕布什尔州的无名乡村山谷中。

所以当母亲说我们的坏话，甚至诅咒我们死时，我们的反应也是理性的。我们热爱解决问题。或许母亲的问题我们可以解决——当然，自杀免谈。

最终她恢复了理智。她做好了为我和伊莉莎再过一百个生日的心理准备，倘若神明希望以这种方式来考验她。不过在此之前，她说了以下的话：

"凯莱布，我愿意舍弃一切，来换取双胞胎眼中无论哪个哪怕是最细微的一点儿智慧迹象，哪怕是最微弱的一点儿人性闪光。"

*

这个轻而易举就能办到。

嗨嚯。

*

于是我和伊莉莎回到了她的房间，在床单上画出了一幅大大的标语。然后等父母熟睡以后，我们通过一个大衣橱背面的暗门溜进了他们的房间，将这个标语挂在了墙上，这样他们醒来第一眼就能看到它。

它是这么写的：

亲爱的爸爸妈妈，我们永远都无法变漂亮，但我们可以依这个世界所需，变成聪明人或变成傻瓜。

你们忠实的仆人

伊莉莎·梅隆·斯温

威尔伯·洛克菲勒·斯温

嗨嚯。

11

就这样，我和伊莉莎毁掉了我们的天堂——我们的二人之国。

*

第二天早上，我们赶在父母起床、用人也还没来给我们穿衣服之前就起来了，没有嗅到一丁点儿危险的气息。我们自己动手穿衣服的时候，还以为自己依然身在原来的天堂。

我还记得我选了一套保守的蓝色细条纹三件套西装，伊莉莎选了一件开司米毛衣、一件粗花呢衬衫，以及珍珠配饰。

我们一致决定由伊莉莎先来代表我们发言，因为她有一副饱满的女中音。我的声音没有那种力量，不能够冷静并让人信服地宣布世界倒转的消息。

请记住，在那之前，人们听我们说过的唯一的话就是"噗"和"嘟"这样的哼哼唧唧。

闹 剧

在有柱廊的绿色大理石门厅，我们撞见了护工奥维塔·库珀。看到已经起床并且穿戴整齐的我们，她大吃一惊。

她还没来得及开口发表意见，我和伊莉莎就把头一歪，通过耳朵上面的头皮连在一起，合二为一变成了天才，只听伊莉莎用那副中提琴一样美妙的声音对奥维塔说：

"早上好，奥维塔。从今天开始，我们所有人要开始一种新的生活了。正如你所看到、所听到的，我和威尔伯不再是白痴了。奇迹发生在一夜之间。我们父母的梦想成真了。我们被治愈了。

"至于你，奥维塔，你可以继续住在你的公寓里，看你的彩色电视机，你甚至有可能领到更高的薪水——以奖励你为推动这个奇迹发生所做的一切。全体人员的待遇不会有丝毫改变，只除了一点：这儿的生活将变得比以往更加轻松愉快。"

奥维塔，这个乏味无趣的美国胖女人，像被催眠了一样恍恍惚惚——就像一只遇到了响尾蛇的兔子。可我和伊莉莎并不是响尾蛇。脑袋凑在一起的我们可是这个世界上最和善的天才之一。

*

"我们不会再用那间铺瓷砖的饭厅了，"伊莉莎的声音接着说道，"你将会看到，我们用餐非常文雅。请把早餐给我们送到晨室。还有，爸爸妈妈起床的时候通知我们。从现在开始，你最好能称呼我哥哥和我为'威尔伯少爷'和'伊莉莎小姐'。"

伊莉莎继续道："你可以退下了，把这个奇迹也告诉其他人。"

奥维塔依然呆若木鸡。最后我不得不对着她的鼻孔打了个响指，才让她回过神来。

她屈膝行礼。"遵命，伊莉莎小姐。"她说。接着她便去传播消息了。

*

我们端坐在晨室里，用人三三两两地走了进来，卑躬屈膝地向我们这对小少爷和小小姐请安。

我们用他们每个人的全名称呼他们，和颜悦色地向他们提出各种个人问题，以显示我们对他们的生活知之甚详，并为我们如此急剧的转变可能对他们造成的惊吓而道歉。

"我们只是没有意识到，"伊莉莎说，"有人想要我们变聪明。"

当时我们完全掌控了场面，就连我都大胆地开口说了些重要的事。我尖细的嗓音听起来再也不傻了。

"在你们的配合下，"我说，"我们将为这座大宅赢得智慧的美名，一举洗清它以往愚蠢的恶名。推倒围栏吧。"

"还有什么问题吗？"伊莉莎问道。

一个都没有。

闹 剧

*

有人给莫特医生打了电话。

*

我们的母亲没有下楼来吃早饭。她一直躺在床上，动弹不得。

父亲一个人下来了。他身上穿着睡衣，没有刮脸。他还那么年轻，但整个人却颤颤巍巍，憔悴不已。

让我和伊莉莎迷惑不解的是，他看上去并不比以前更开心。我们向他问好，先是用英文，然后又用了我们会的另外几种语言。

最后，那堆外国问候语中终于有一种让他有了反应。"早安[1]。"他说。

"请汝入座！请汝入座！"伊莉莎快活地说。

这个可怜的男人坐下了。

*

毫无疑问，他被罪恶感压垮了，他居然容许两个聪明人，自己的亲生骨肉，这么长时间一直被当成白痴对待。

更糟糕的是：他的良心和那些顾问之前一直对他说，他不爱我

---

1 原文是法语"Bon jour"。

们也是理所当然，因为我们不具备深层次的感情，而且客观来讲，我们身上没有任何一点是他能够去爱的，换了任何一个头脑正常的人都爱不起来。可现在，爱我们成了他的责任，而他却不认为自己能做得到。

他还惊骇地意识到：像我和伊莉莎这种怪物的肉身一旦拥有了智慧和感情，只会显得更面目可憎。这一点母亲早有预感：她若是下楼来，必定也会陷入这种情感困境。

这既不是父亲的错，也不是母亲的错。不是任何人的错。所有人类乃至所有恒温动物都怀有希望怪物早点儿死的愿望，就和呼吸一样自然，这是一种本能。

而现在，我和伊莉莎则将这一本能激化为无法忍受的悲剧。

我们正在无意识地将古老的怪物诅咒加在普通人身上。我们正在寻求尊重。

闹 剧

12

气氛正焦灼的时候,我和伊莉莎把头分开了几尺,以停止我们大脑的卓越运转。

我们太蠢了,以为父亲只是在犯困。于是我们让他喝了咖啡,并给他唱了我们知道的几首歌,出了几个谜语让他猜,试图给他提神。

我记得我问他知不知道为什么奶油比牛奶要贵得多。

他嘟嘟囔囔地说他不知道。

于是伊莉莎告诉他:"那是因为奶牛讨厌蹲在小瓶子上。"

我们大笑起来,在地板上打滚。然后伊莉莎站了起来,挺身站到他的面前,她的手搁在屁股上,宠溺地责备起他来,就好像在责备一个小男孩。"噢,好个瞌睡虫!"她说,"噢,好个瞌睡虫!"

就在这时,斯图尔特·罗林斯·莫特医生到了。

*

虽然莫特医生在电话里就听说了我和伊莉莎的突变，可他看上去毫无异样，就好像今天不过是再寻常不过的一天。他到大宅后说的第一句话也和往常一样："今天大家都好吗？"

而我则说出了莫特医生从我口中听到的第一句有智商的话。"父亲不愿意醒来。"我说。

"嗯，是吗？"他答道，并对我这个完整的句子报以微微一笑。

莫特医生的无动于衷让人难以置信，事实上，他已转过头去和护工奥维塔·库珀聊了起来。她的母亲好像在村庄里病倒了。"奥维塔——"他说，"告诉你一个好消息，你母亲的体温差不多恢复正常了。"

父亲被如此随意的气氛给激怒了。他无疑也很高兴，因为终于找到了一个人能让他发泄怒火。

"医生，这种情况持续多长时间了？"他急于知道答案，"你从什么时候开始知道他们智力正常的？"

莫特医生看了看自己的手表。"四十二分钟以前。"他答道。

"你看上去一点儿都不惊讶。"父亲说。

莫特医生看似想了想这个问题，然后耸了耸肩。"我当然为所有人感到高兴。"他说。

说这话的时候，莫特医生的样子看起来一点儿也不高兴。大概正是这一发现让我和伊莉莎又把头并到了一起。有某种古怪的事发生了，我们急欲将它弄明白。

*

我们的天才没有让我们失望。它让我们明白了眼前这种状况的真相——总之，我们落入了比以往任何时候都要悲惨的境地。

但凡天才，都免不了会在关键时刻犯天真，我们的天才亦不例外。现在就是。它告诉我们，要想让一切都恢复原样，我们只需要再次变回傻瓜。

"噗。"伊莉莎说。

"嘟。"我说。

我放了个屁。

伊莉莎淌着口水。

我抓起一块黄油司康饼，朝奥维塔·库珀的头上扔去。

伊莉莎转向父亲。"爸斯-鲁！"她说道。

"森热！"我喊道。

父亲哭了起来。

13

从我开始动笔写这本回忆录到现在已经过了六天。其中有四天的重力是中等水平,即过去的恒定值。昨天的重力过强,我差点儿起不了床,待我好不容易从帝国大厦大厅里那个破布堆成的巢里爬出来之后,又不得不手脚并用,在遍地密密麻麻的烛台之间费力爬行,才爬到我们当厕所的那个电梯井。

嗨嚯。

嗯——第一天的重力很轻,而今天又变轻了。我又一次勃起,我孙女梅洛迪的情人伊萨多也是,岛上所有男性都是。

*

是的,梅洛迪和伊萨多已包好了午饭的便当,往百老汇和42街交会处去了——每到轻重力的日子,他们就会去那儿建一座粗陋的金字塔。

他们从来都不打磨用来堆金字塔的石板、石块和石头，而且他们用的材料也不仅限于石料。工字钢啦，油桶啦，轮胎啦，汽车零件啦，办公器材啦，剧院座椅啦，各种各样的垃圾他们通通都往上扔。但是我见过他们的成果，当它最终完成的时候，不会是一个没有形状的垃圾堆。那就是一座金字塔，一目了然。

*

是的，如果未来的考古学家找到了我写的这本书，他们就不用白费力气把金字塔挖个遍以寻找它的意义了。那里面没有任何隐藏的藏宝室，什么样的室都没有。

它的意义无论怎么看都微不足道。那儿有一具男性婴儿的尸体，就埋在被它压在下面的窨井盖之下。

那个婴儿装在一个盒子里，盒子外观很华丽，是以前用来装上等雪茄的保湿储藏盒。它是在四年前被放进井底的，被置于一堆缆线和管道中间。做这件事的人里面有他的母亲，当时年仅十二岁的梅洛迪；他的曾祖父——我；还有我们最近的邻居兼最亲密的朋友，薇拉·花栗鼠-5·扎帕。

而金字塔则完全是梅洛迪和她后来的情人伊萨多的主意。它是一座纪念碑，献给一个从未活过的生命，一个永远不会被命名的人。

嗨嚯。

*

要拿到那个盒子，你不必挖穿金字塔，从其他的窨井就可以过去。

当心老鼠。

*

由于那个婴儿是我的后代，所以那金字塔可以叫作"烛台王子之墓"。

*

烛台王子的父亲姓名不详。他是在斯克内克塔迪的郊区盯上梅洛迪的。当时她离开了密歇根王国境内的底特律，正在赶往死亡之岛的路上，希望去那儿找到她的祖父，传奇人物威尔伯·水仙-11·斯温医生。

*

梅洛迪又怀孕了——这一次是伊萨多的种。

她是个罗圈腿的小不点，身形佝偻，一口牙齿参差不齐，但很活泼。作为密歇根国王后宫里的一名孤儿，她在童年时代一直过着食不果腹的生活。

梅洛迪虽然只有十六岁，我却时常觉得她像个快活的老太太。在一名儿科医生看来，一个怀孕的少女具有那样的形貌真是一件可悲的事。

然而身强力壮、面色红润的伊萨多给予她的爱情和喜悦却平衡了我的悲伤。他一口牙齿几乎完好无缺，脊梁即使在重力强到极点的时候也依然挺得笔直，他们覆盆子家族差不多所有人都是如此。在重力最大化的日子里，他将梅洛迪抱在怀里走来走去，甚至也乐意抱我一程。

覆盆子家族的人都很擅长收集食物，他们大多住在纽约证券交易所的废墟周围。他们在码头上钓鱼，从地下挖罐头，采摘他们找到的浆果。他们还自己种西红柿、土豆、小萝卜以及其他几样蔬果。

他们设陷阱捕捉老鼠、蝙蝠、猫狗和鸟，并吃掉它们。覆盆子族人无所不吃。

14

我愿梅洛迪的生活能像我父母曾希望伊莉莎和我一样：在一颗小行星上度过短暂而幸福的一生。

嗨嚯。

*

是的，我已经说过了，倘若伊莉莎和我没有在那天当众显示自己的智商，我们也许可以一直在小行星上过着幸福的生活。我们可能还住在那座老宅里，焚烧大树、家具、栏杆和嵌板取暖，在陌生人到来的时候淌着口水咿咿呀呀。

我们可以养鸡，可以种一个小菜园。我们可以用我们日益增长的智慧自娱自乐，不在乎其他任何可能具有价值的事物。

闹 剧

*

太阳在下沉。地铁里潜伏的蝙蝠像薄薄的黑云一样涌上地面，激烈震颤着，发出刺耳的尖叫，像瓦斯一样弥散开来。和往常一样，我战栗了。

我无法把它们发出的声音当成单纯的噪声。相反，那是一种静默的疾病。

*

我用一碗动物油脂燃烧破布，借助它发出的火光来写作。

我有一千个烛台，却没有一根蜡烛。

梅洛迪和伊萨多在玩双陆棋，用我画在大厅地板上的棋盘。

他们双将了对方之后再双将，两人大笑不已。

*

他们正在计划为我一百零一岁的生日办一个派对，就在一个月之后。

我有时候会偷听他们讲话。积习难改。薇拉·花栗鼠-5·扎帕正在为此制作新衣服——为她自己和她的奴隶。她在海龟湾的储藏室里有堆积如山的布料。听梅洛迪说，奴隶们将穿着粉红色的马裤和金色的拖鞋，还会扎着绿色的丝巾，上面插着鸵鸟毛。

083

我听说,薇拉将乘着一台轿子降临派对,簇拥着她的奴隶们手拿礼物、食物、饮料和火把,并用叮叮叮的开饭铃吓跑野狗。

嗨嚯。

*

在我的生日派对上,我必须非常小心谨慎,不能喝多酒。要是喝多了,我可能会当众吐露出那个秘密:我们死后的生活要比现在的生活无聊无数倍。

嗨嚯。

闹 剧

15

我和伊莉莎自然不会被容许继续拿白痴当保护伞。只要我们尝试这么做,绝对会被骂个狗血喷头。是的,用人们和我们父母都从这次突变中有了一个额外的收获:他们忽然间有了大吼我们的权利,并且显然乐在其中。

我们总是被打入地狱!

*

是的,莫特医生被开除了,各种各样的专家轮番进门。

头一阵子还挺有意思。第一批来的医生是心脏、肺、肾等方面的专家。他们把我们身上每一个器官、每一种体液都研究了一遍,发现我们简直健康得无与伦比。

他们都和蔼可亲。从某一方面来说,他们都是我们家族的雇员。他们的研究工作都受到纽约的斯温基金会资助。正因如此,他们才那么容易就被召集起来送到盖伦村。家族帮了他们的忙，现在轮到他们帮家族的忙了。

他们常常开我们的玩笑。我记得有个人对我说，长这么高一定很有趣。"上面的天气怎么样？"他说道，诸如此类的玩笑。

开玩笑有一种抚慰人心的效果。它造成一种错觉，让我们以为自己多丑都没有关系。我依然记得一个耳鼻喉专家拿着手电筒照进伊莉莎巨大的鼻孔时说的话。"我的天，护士——"他说，"快致电国家地理协会。我们刚刚发现了猛犸洞穴的新入口！"

伊莉莎笑了。护士笑了。我也笑了。我们都笑了。

我们的父母在房子另一边。他们将一切快乐拒之门外。

*

然而游戏才刚刚开始，我们就初尝了分离的痛苦滋味。有一些测验需要我们俩相隔几个房间分开进行。随着伊莉莎和我之间的距离越来越远，我感到自己的脑袋渐渐变成了木头。

我开始反应迟钝，心神不安。

当我和伊莉莎重聚时，她说她也有非常相似的感觉。"就好像我的脑壳里灌满了枫糖浆。"她说。

我们鼓起勇气，压抑住内心的恐惧，努力去笑话我们分开时变成的那两个死气沉沉的孩子，假装他们和我们没有任何关系，还为他们取了名字。我们称他们为"贝蒂·布朗和博比·布朗"。

闹剧

*

我想借此良机，说一说我们在伊莉莎死于火星山崩之后读到的她的遗嘱。她希望自己能在死去的地方就地安葬。她的坟墓只需要一块简简单单的石碑，上面就刻一句话：

HERE
LIES
BETTY
BROWN

（贝蒂·布朗在此长眠）

仅此而已。

*

是的，最后一个来看我们的专家是位心理学家，科迪莉亚·斯温·科迪纳医生，正是她下令要伊莉莎和我永远分离，换句话说，要我们永远成为贝蒂和博比·布朗。

16

俄国小说家费奥多尔·米哈伊洛维奇·陀思妥耶夫斯基曾说过一句话:"一段神圣的儿时记忆可能会成为一生最好的教育。"我还能想出另一种速成的儿童教育,就其本身而言可以算是有益的教育:与一位在成人世界里德高望重的人物见面后,却发现那人实际上是个歹毒的疯子。

这正是伊莉莎和我见到科迪莉亚·斯温·科迪纳医生时的遭遇。她被公认为是全球心理测验领域最优秀的专家。

*

我这儿有一本《大英百科全书》,就放在帝国大厦大厅里。正因如此,我才能叫得出陀思妥耶夫斯基的中间名。

*

在面对成年人时，科迪莉亚·斯温·科迪纳医生总是那么引人注目，待人彬彬有礼。她在大宅里每时每刻都以盛装示人——高跟鞋，晚礼服，一身珠光宝气。

有一次我们听见她对我们父母说："一个女人拥有三个博士学位，领导着一家年营业额达三百万美元的测试公司，不代表她不能有女人味。"

然而，她只要一跟我和伊莉莎单独相处，她的偏执障碍就会不可遏制地爆发。

"你们的鬼把戏，你们这些有钱的小鼻涕虫的鬼把戏，休想唬住我。"她会说。

而伊莉莎和我并没有做错任何事。

*

她为我们家族拥有那么多钱并掌握着那么大的权力而感到怒气滔天，她无法忍受这一点，以致她好像都没有注意到我和伊莉莎是多么巨大，多么丑陋。在她眼里，我们只不过是两个被宠坏的富家小孩而已。

"我可没有含着任何金汤匙出生。"她不止一次对我们说。"有很多日子我们都不知道下顿饭在哪儿，"她说，"你们知道那是什么感受吗？"

"不。"伊莉莎答道。

"当然不了。"科迪纳医生说。

诸如此类。

*

对她这种偏执狂而言,非常不幸的一件事是,她的中间名和我们的姓氏一样。

"我不是你们亲爱的科迪莉亚姨妈,"她会说,"你们高贵的小脑袋瓜用不着担心这一点。我爷爷从波兰来到这儿的时候,把他的名字从斯坦科维茨改成了斯温。"她的眼里燃烧着熊熊烈焰:"说'斯坦科维茨'!"

我们照说了。

"再念'斯温'。"她说。

我们照念了。

*

最后我们其中一个人问她是什么让她发狂至此。

听到这话,她镇静下来。"我没有发狂,"她说,"我不会为任何事发狂,否则就显得太不专业了。但是听我说,要我这种级别的人千里迢迢地跑到这个荒郊野地来,亲自给区区两个小孩做测验,就好比是让莫扎特去调试一架钢琴,好比让阿尔伯特·爱因斯坦去记账。我这么说你们懂了吗？'伊莉莎小姐和威尔伯少爷'，我想人们是这么称呼你们的吧？"

"那你为什么还要来？"我问她。

她狂乱的怒火又一次爆发了。她用尽全身的粗野劲儿冲我说道："因为钱说了算，'方特勒罗伊小爵爷'[1]。"

*

当我们得知她要给我们分开做测验时，更是吓坏了。我们天真地说，如果我们俩能把脑袋凑在一起，就可以得出更多的正确答案。

她极尽冷嘲热讽。"噢，当然了，少爷小姐，"她说，"另外你们房间里还需不需要放一本百科全书，或者把哈佛大学的老师也找来，告诉你们答案？以防你们答不出来。"

"那就太好了。"我们说。

"恐怕没有人告诉过你们，"她接着说，"这里是美利坚合众国，在这里没有人有权依赖他人——在这里所有人都得学会自力更生。"

"我到这儿来是为了测试你们，"她说，"但我也要教你们一些基本的生活法则，总有一天你们会为此感谢我。"

---

[1] 方特勒罗伊小爵爷（Little Lord Fauntleroy）是英裔美国作家弗朗西丝·霍奇森·伯内特（Frances Hodgson Burnett，1849—1924）所著的一本经典童书中的主角，是一个心地善良的贵族孩子。

这就是她给我们上的一课。"自己的独木舟自己划,"她说,"你们能不能念一遍并记在心里?"

我不仅能念,还一直记到今天:"自己的独木舟自己划。"

嗨嚯。

*

所以我们划起了自己的独木舟。在嵌满瓷砖的饭厅里的不锈钢桌子上,我们各自接受了测验。当我们其中一个人和科迪纳医生——我们私下里称呼她为"科迪莉亚姨妈"——待在那儿的时候,另一个人就被带到大宅里最远的一端,即最北端塔楼顶上的大厅。

威瑟斯·威瑟斯普恩负责看守塔楼大厅里的那个孩子。这个工作之所以委派给他,是因为他曾经当过兵。我们听见"科迪莉亚姨妈"给他下指示,叫他注意伊莉莎和我之间发生的一切心电感应交流的迹象。

在发现了小人国传来的零星线索之后,西方科学终于承认有人能够以不可见或不可闻的信号与其他一些特定的人进行交流。这种幽灵信息的接收器和发送器都分布在鼻窦表面,但鼻窦必须健康且畅通无阻。

袖珍人给西方的主要线索是一句让人困惑的话,它是以英语传送的,西方人用了好些年才破译出来:"当我患上枯草热或感冒时,我感觉如此孤独。"

嗨嚯。

*

事实上，我和伊莉莎之间的距离一旦超过三米，心电感应就不灵了。更别说一个在饭厅，另一个在顶楼大厅了，那就好比我们的身体分散在不同星球上，亦即它们如今的真实状况。

噢，当然了——我是可以接受笔试的，但伊莉莎不能。当"科迪莉亚姨妈"给伊莉莎做测试的时候，她不得不把每个问题都大声地念给她听，然后记下她的答案。

虽然我们俩感觉自己一道题都没做出来，但结果肯定也答对了几道题，因为科迪纳医生在向我们父母报告时，说我们的智力"……在同龄人中属正常偏下"。

她不知道我们在偷听。只听她继续说道，伊莉莎大概一辈子都学不会读书写字了，所以她一辈子都不能投选票或考驾照。她还尽量委婉地指出，伊莉莎"……是个逗趣的话痨"。

她说我是"……一个好孩子，一个严肃的男孩——容易被他精神涣散的姐姐分神。他能读会写，但不太能理解词句的意义。如果能将他和他姐姐分开，就有充分的理由相信他可以成为一名加油站服务员或是乡村学校的门卫。他大有希望在乡间过上快乐而有益的生活"。

*

　　与此同时，小人国正在秘密地创造出数以百万计的天才——他们将脾性相近、拥有相同心电感应频率的专家配成对或小组，然后教他们像一个大脑那样进行思考。这样造出的组合大脑堪比艾萨克·牛顿爵士或威廉·莎士比亚。

　　噢，是的，早在我当上美利坚合众国总统很久以前，袖珍人就已经开始用那些合成大脑组成惊世骇俗的高智能生物，他们强悍到就好像连宇宙本身都在对他们说："我等待您的指示。您想怎么样，就怎么样。您要我做什么，我就做什么。"

　　嗨嚯。

*

　　我得知袖珍人这项计划的时候，伊莉莎已经去世很久了，我这个美国总统也早就名存实亡了。即便我知道这种消息，也无能为力了。

　　然而让我忍俊不禁的是，听说袖珍人是从老迈不堪的西方文明得到启发，才合成了那些人造天才的。二战期间，美国和欧洲科学家集合了所有人的智慧，一心一意要造出原子弹，袖珍人正是从此事获得的灵感。

　　嗨嚯。

17

我们可怜的父母一开始以为我们是白痴,他们努力去接受这件事。然后他们又相信了我们是天才,并努力去接受这一新的认知。现在他们被告知我们不过是迟钝的正常人,他们又不得不让脑袋去适应这一新的现实。

伊莉莎和我从窥视孔中看到,他们发出悲惨而渺茫的求救之声。他们问科迪纳医生,如果我们真那么笨,那我们怎能用那么多种语言,在那么多领域进行那么学识渊博的交谈——这一矛盾该如何调和。

对此,科迪纳医生如刀锋一般犀利,一语就让他们茅塞顿开。"这个世界充满了善于让自己看上去比实际聪明许多的人,"她说,"他们用事例、旁征博引和外国词汇之类搅得我们晕头转向,然而真相却是,他们对自己实际生活中有用的知识几乎一无所知。我的目的就是侦察出这种人,以保护社会免受其害,也保护他们自己免受自身所害。"

"你们的伊莉莎就是一个最佳范例，"她继续道，"她给我大谈特谈经济学、天文学、音乐和其他任何你能想得到的学科，但她既不会读也不能写，而且她永远都学不会。"

*

她说我们的案例还算不上悲剧，因为我们没什么干大事业的欲望。"他们几乎没有任何野心，"她说，"所以生活不会叫他们失望。他们唯一的心愿就是，生活能够永远保持现状，即保持他们目前所知的样子。当然了，这是不可能的。"

父亲伤心地点点头："所以两个里面男孩比较聪明？"

科迪纳医生说："仅限于识字写字，他在社交方面赶不上他姐姐那么外向。一离开她，他就沉默得像块墓碑。

"我建议把他送到一所特殊学校去，那种对课业要求不是太严，也不会太逼迫学生去社交的学校，在那儿他能学会划他自己的独木舟。"

"学会什么？"父亲问。

科迪纳医生向他重复了一遍："划他自己的独木舟。"

*

我和伊莉莎当时差点儿直接踢倒墙闯进去，在炸裂的灰泥和木片碎屑中，暴怒地冲进书房。

然而理智却告诉我们，能像这样随心所欲地窃听是我们所剩无几的优势之一。所以我们偷偷地潜回自己的卧室，然后冲进走廊，跑下前厅的楼梯，穿过大厅，最后进了书房，做了一件我们以前从未做过的事——我们哭了。

我们宣称，要是有人想把我们分开，我们就自杀。

*

科迪纳医生笑话我们。她对父母说，她的测验中有几个题目是专门为检验自杀倾向而设计的。"我向你们百分百地保证，"她说，"他们俩任何一个都绝不可能去自杀。"

她说得兴高采烈，在这里她犯了个战术性错误，因为她的兴奋劲儿刺激到了母亲——啪的一声，她体内的某根弦绷断了。那个柔软、文雅、毫无主见的人偶消失了，房间里的气氛顿时变得一触即发。

起初，母亲什么都没说，但她的人性显然已从最微妙的层面上消失。她成了一头蓄势待发的母豹，随时准备着撕烂无论多少个育儿专家的喉咙——以保护自己的幼崽。

这是她一生中唯一一次失去理智，尽职尽责地当起了伊莉莎和我的母亲。

*

我想，伊莉莎和我都以心电感应觉察到了这位突如其来的丛林伙伴。至少，我记得我鼻孔里潮湿柔滑的内表面在蠢蠢欲动。

我们止住了哭泣，反正我们本来就不擅长这个。是的，然后我们提出了一个明确的要求，一个立即就能满足的要求。我们要求重新测一次智商——这一次是两个人一起。

"我们想向你们证明，"我说，"我们并肩合作的时候有多么出色，这样就不会再有人提出要把我们分开了。"

我们小心地字斟句酌。我解释了"贝蒂和博比·布朗"是谁，并承认他们很愚蠢。我说我们从未有过恨的体验，每次在书上读到它，都无法理解人类怎会有那样的心理活动。

"但现在，我们开始尝到了一点点恨的滋味。"伊莉莎说，"我们的恨仅限于此刻，仅指向宇宙中的两个人：贝蒂和博比·布朗。"

*

后来的事实证明，不说别的，科迪纳医生首先是个胆小鬼。就像许多懦夫一样，她选择了在最坏的时机继续欺凌弱小。对于我和伊莉莎的要求，她嗤之以鼻。

"你们以为这是个什么样的世界？"她说着诸如此类的话。

于是母亲站起身来，向她走了过去。她没有碰她，也没有正眼瞧她的眼睛。只听母亲压着嗓子，用一种介于喉音和低吼的声调说起话来——她称科迪纳医生为"花枝招展的小鸟屁"。

18

就这样，我和伊莉莎重新接受了测试——这一次是两个人一起。我们俩并排坐在瓷砖饭厅里的那张不锈钢桌子边。

我们高兴极了！

失魂落魄的科迪莉亚·斯温·科迪纳医生像个机器人一样，在父母的监督下给我们做了测验。她为我们出了新的考题，如此一来，我们将要面对的考验也是全新的。

开始之前，伊莉莎对父母亲说道："我们保证把每题都答对。"

我们做到了。

*

那都是些什么样的题目呢？这么说吧，我昨天在46街一所学校的废墟里转了一圈，幸运地找到了一大捆智力测验卷，每一张都适用。

我念一题：

"一个人以每股五美元的价格买了一百股股票。如果每股价格在第一个月上涨了十美分，第二个月下跌了八美分，第三个月又涨了三美分，那么到了第三个月月底，他的这笔投资价值多少钱？"

或者试试这题：

"692 038.427 53的平方根的小数点左边有多少位数？"

或这个：

"透过一片蓝色玻璃看一朵黄色的郁金香，看到的郁金香是什么颜色？"

或这个：

"为什么小熊星座看起来好像每天绕北斗星一圈？"

或这个：

"天文学对地质学相当于高空作业员对什么？"

诸如此类。嗨嚯。

*

如我所言，我们兑现了伊莉莎所做的满分承诺。

唯一的麻烦出现在检查和复查答案的时候，我们天真无邪地在桌子下面交缠在一起——我们使出剪刀腿，互相钩住了对方的脖子，然后对着彼此的胯呼气吸气。

当我们重新回到椅子上的时候，发现科迪莉亚·斯温·科迪纳医生已经晕了过去,父母已不知去向。

*

第二天上午十点,我便被一辆车送进了科德角一所接收重度错乱儿童的学校。

19

又是一天日落。飞来了一只小鸟,在31街和第五大道盘桓。那儿有一辆装甲坦克,一棵树从它的炮塔里长了出来。小鸟冲我尖叫着,用它清亮得刺耳的声音一遍又一遍地问着同一个问题。

"鞭打可怜的威尔[1]?"它问。

我从不把那种鸟叫作"鞭打可怜的威尔",梅洛迪和伊萨多也不那么喊它。在给事物命名方面,他们一向跟从我。比如,他们几乎从不称呼曼哈顿为"曼哈顿",或是大陆那边的普遍叫法"死亡之岛",而是像我一样,喊它"摩天大楼国家公园",虽然他们并不了解其中的笑点何在,或是同样不带任何幽默色彩地叫它"吴哥窟"。

至于太阳一落山就问打不打威尔的那种鸟儿,他们用的也是

---

[1] 一种分布于北美的夜鹰的俗称,因其叫声和"whip poor will"发音近似而得名,"whip poor will"意译为"鞭打可怜的威尔"。

闹　剧

我和伊莉莎小时候对它的称呼,即我们从一本字典上查到的正确名称。

我们钟爱着那个名字,因为它能激起一种迷信式的恐惧。每当它的名字从我们嘴里说出来的时候,它所指代的鸟儿就变成了希罗尼穆斯·博斯[1]画中的梦魇生物。我们只要一听到它的叫声,就会异口同声地说出它的名字。除此之外,我们俩几乎从不同时开口说话。

"夜鹰在叫。"我们会说。

*

而现在,我听到梅洛迪和伊萨多的声音从大厅里某个我看不到的地方传来。"夜鹰在叫。"他们说道。

*

在我去科德角的前夜,我和伊莉莎聆听着那种鸟的叫声。

我们逃离了大宅,去了伊莱休·罗斯福·斯温教授阴湿的陵墓,以便不受打扰地单独相处。

"鞭打可怜的威尔?"它在外面苹果树林的深处问道。

---

[1] 希罗尼穆斯·博斯(Hieronymus Bosch,1450—1516),荷兰画家,其绘画以大胆的想象创造出一系列诡异奇幻的形象,被誉为超现实主义的鼻祖之一。

＊

我们把脑袋凑到一起，却想不出应该说些什么。

我听说过很多死刑犯从离死刑还有很长一段时间起就开始把自己当成死人。或许这正是我们的天才此刻的感受。他知道，自己即将被一个残忍的刽子手劈成两半，变成两块毫无特征的肉块，成为贝蒂和博比·布朗。

尽管如此，我们手上却忙个不停，就像濒死的人通常会做的那样。我们带上了我们自认为写得最好的文章，把它们卷起来塞进一个圆筒，然后藏在了一个空的青铜骨灰坛里。

那个骨灰坛本来是用来装斯温教授夫人的骨灰的，但她却选择葬在纽约。它的表面布满了铜绿，锈迹斑斑。

嗨嘛。

＊

那些纸上写着什么呢？

有化圆为方的方法，我记得；还有一个乌托邦计划，即通过给每个美国人起一个新的中间名，从而创造出人造的大家庭，所有中间名相同的人都将成为亲戚。

是的，也有我们批判达尔文进化论的文章；还有一篇关于引力本质的论文，其结论是引力在古代必然是个变量。

我记得还有一篇文章论证了牙应当用热水刷，就像锅碗瓢盆一样。

诸如此类。

*

把它们藏在骨灰坛这个主意是伊莉莎想出来的。

现在,伊莉莎亲手合上了它的盖子。

她放下盖子的时候,说了一句话,当时我们俩并没有挨在一起,所以那完全是她自发的想法。她说:"向你的智慧道声永别吧,博比·布朗。"

"再见。"我说。

*

"伊莉莎——"我说,"我给你读过的那么多本书都说爱是世界上最重要的东西。或许我现在应该告诉你我爱你。"

"说吧。"她说。

"我爱你,伊莉莎。"我说。

她想了一下。"不,"她终于开了口,"我不喜欢听这个。"

"为什么?"我问。

"感觉就像你拿一支枪指着我的头,"她说,"这只是在强迫人们说出有违自己本意的话。除了'我也爱你'之外,我还能说什么呢?或人们还能说什么呢?"

"你不爱我吗?"我问道。

"博比·布朗有哪一点让人爱呢?"她反问。

*

外面,从某棵苹果树下又一次传来了夜鹰的问题。

20

第二天早上,伊莉莎没有下来吃早饭。她一直待在自己的房间里,直到我离开。

父母坐在他们司机开的奔驰轿车里,跟我一起过去。我是他们有前途的孩子。我能读书写字。

甚至当我们还在景色怡人的乡间穿行时,我的大脑就启动了它的遗忘机制。这是一种保护机制,用来对抗无法忍受的悲痛。作为一名儿科医生,我相信所有的儿童都具有这一能力。

我只记得,在我身后似乎有一个双胞胎姐姐,她远不如我聪明。她有一个名字。她的名字叫伊莉莎·梅隆·斯温。

*

是的,校园时光是那么井井有条,所有人都没什么必要回家。我去了英格兰、法国、德国、意大利和希腊,参加了夏令营。

在别人看来，我自然不是什么天才，也没有什么创造力，但我的脑子比一般人要好。我很有耐心，做事很有条理，能够从一堆堆乱七八糟的废话中分出好的想法。

我成了那所学校历史上唯一一名参加了大学入学考试的学生。结果我发挥出色，接到了哈佛大学的入学邀请。我接受了邀请，虽然当时我都还没有进入变声期。

我的父母开始为我倍感骄傲。他们时不时会向我提起我在别处还有个双胞胎姐姐，她几乎和植物人没什么两样，住在一家专门为她那种人而设的昂贵机构里。

她只是一个名字而已。

*

我在医学院上一年级的时候，父亲在一次车祸中丧生。他很重视我，将我列为他的遗产继承人之一。

没过多久，有一位名叫小诺曼·穆沙里的律师来波士顿拜访了我。这个家伙大腹便便、目光闪烁，他给我讲述了一个乍听之下杂乱无章、毫无意义的故事，有关一个女人，她在非自愿的情况下被关在一所智障者收容机构很多年。

他说，因为她所受的伤害，她雇用他来控告自己的亲人以及那家机构，并要求立刻获得释放，同时夺回自己应得的却被人无理霸占的所有遗产。

她的名字，自然是伊莉莎·梅隆·斯温。

21

后来，母亲谈起了我们将伊莉莎抛进的地狱——那家医院，她说："那里不便宜，你晓得的。一天就要两百美元。而且威尔伯，是医生请求我们不要过去的，不是吗？"

"我想是的，妈妈。"我答道。然后我说了实话："我忘记了。"

*

那个时候，我不仅是愚蠢的博比·布朗，也是狂妄的博比·布朗。我虽然才上医学院一年级，生殖器不比刚生下来的小田鼠大，却已是灯塔山上一栋大豪宅的主人。我每天坐捷豹车上学放学，开始热衷于穿衣打扮，把自己当成总统似的，就好像是切斯特·艾伦·阿瑟时代的江湖郎中。

几乎每天晚上都有派对。我照例会去露几分钟的面，用一支海泡石烟斗吸印度大麻，披一件祖母绿的波纹绸晨礼服。

在一次派对上，一个漂亮姑娘走到我面前，对我说："你太丑了，你是我见过的最性感的生物。"

"我知道，"我说，"我知道，我知道。"

*

母亲常常来灯塔山看我，住在我专门为她准备的套间里，我也常常去海龟湾看她。是的，在小诺曼·穆沙里把伊莉莎弄出医院之后，记者开始往这两个地方跑，追着我们提问。

那是一件大事。

千万富翁虐待他们的亲人向来都是大事。

嗨嚯。

*

这真让人难堪，可想而知。

我们还没有见到伊莉莎，甚至还没能通过电话联系上她。与此同时，她却几乎每天都在媒体上义正词严地攻击我们。

而我们能展示给记者的唯有我们发给伊莉莎（通过她的律师转交）的一张电报的复印件，以及她的回信。

我们的电报上写道："我们爱你。你的母亲和弟弟。"

伊莉莎的电报则是："我也爱你们。伊莉莎。"

闹　剧

*

　　伊莉莎不愿让自己上镜头。她要她的律师从一个正在拆除的教堂里买来一个忏悔室,她坐在里面接受电视台的采访。

　　而我和母亲则紧握着手,满怀痛苦地看着她接受采访。

　　伊莉莎粗犷的女低音听上去是那么陌生,让我们不禁怀疑忏悔室里面坐的可能是个冒牌货,但那的的确确是伊莉莎。

　　我记得有一个电视记者问她:"斯温小姐,你平常在医院都是怎么过的?"

　　"唱歌。"她说。

　　"有唱什么特定的歌曲吗?"他继续问道。

　　"同一首歌——反反复复地唱。"她说。

　　"什么歌?"他问。

　　"《有一天我的王子会降临》。"她告诉他。

　　"那你心目中有没有哪个人可以做那个拯救你的王子呢?"他问。

　　"我的双胞胎弟弟,"她说,"但他是头猪[1],当然了。他直到最后也没有来。"

---

[1] 斯温(Swine),即威尔伯和伊莉莎家族的姓,原意是猪。

22

我和母亲无论如何都不会去正面对抗伊莉莎和她的律师。所以她轻而易举就夺回了她的财产。紧接着她就去买下了新英格兰爱国者职业足球队一半的股份。

*

这一收购引发了更大范围的媒体报道。伊莉莎仍然不愿从忏悔室走出来面对镜头,不过穆沙里向全世界保证,她现在身穿一件新英格兰爱国者队的蓝金色运动衫坐在里面。

就在这次采访中,当被问到是否有在关注时事时,她答道:"我当然不会因为袖珍人回家而谴责他们。"

这肯定是在说小人国关闭了华盛顿大使馆的事。小人国的人类微缩技术实在是太先进了,他们的大使身高只有六十厘米。他温文尔雅地道了别。他说他的国家和美国断交纯粹是因为这里已经没有任何事能提起袖珍人的兴趣了。

有人问伊莉莎为什么袖珍人无可指摘。

"哪个文明国家会对美国这样一个地狱火坑感兴趣呢？"她说，"这里每个人都在糟践自己的亲人。"

*

然后有一天，有人看到她和穆沙里穿过马萨诸塞大道大桥，徒步从剑桥往波士顿走来。那天很暖和，天气晴朗。伊莉莎撑着一把阳伞，身穿她的足球队运动衫。

*

天哪——那可怜的姑娘简直是一塌糊涂！

她的脊背异常弯曲，以致她的脸都垂到和穆沙里在一个平行线上了——穆沙里的体形和拿破仑·波拿巴差不多。她的烟瘾很大，咳得很厉害，简直要把肺给咳出来了。

穆沙里身穿一件白西装，拄着一根手杖。他的翻领上别着一朵红玫瑰。

很快，他和他客户的身后便跟上了由友善的人群、摄影记者和电视节目组组成的大军。

我和母亲通过电视看到了这一幕，我得说，我们当场就吓得魂飞魄散，因为那队伍正在向我们灯塔山的房子逼近。

"噢，威尔伯，威尔伯，威尔伯——"看着这一幕，母亲说，"那真是你姐姐吗？"

我讲了个冷笑话，自己却没有笑。"是你唯一的女儿，妈妈，不然就是一种叫作土豚的食蚁兽。"我说。

23

　　母亲没有与伊莉莎面对面的勇气。她躲回到楼上的套间里。另外，无论伊莉莎脑中盘算着怎样的怪异戏码，我都不想要她当着仆人们的面演出，于是我命令他们回到了住处。

　　当门铃响起时，我亲自去应门。

　　在"土豚"、摄影机和人群面前，我露出了笑容。"伊莉莎！亲爱的姐姐！太让人惊喜了。请进，请进！"我说。

　　我装模作样地伸出手，作势要碰她。她向后退去。"你敢碰我，方特勒罗伊小爵爷，我就咬你，让你染上狂犬病而死。"她说。

*

　　警察将跟在伊莉莎和穆沙里身后的人群拦在了屋外，我拉上了窗帘，这样就没人能窥到屋内的情景。

　　在确保没有其他人窥看之后，我沉下脸来，对她说："什么风把你吹来了？"

"对你完美身体的欲望，威尔伯，"她说着，边咳边笑，"亲爱的妈咪在这里吗？亲爱的爹地呢？"然后她马上改了口："噢，亲爱的——亲爱的爹地已经死了，对吗？还是死的是妈咪？好难分清啊。"

"妈妈在海龟湾，伊莉莎。"我撒了个谎。而在我的内心，悲伤、憎恶和罪恶感压得我快要窒息。我估摸着她那被压扁的胸腔只能容得下一盒火柴。房间里开始散发出酿酒厂的味道。伊莉莎还染上了酗酒的毛病。她的皮肤很差，脸色就像我们曾祖母的扁皮箱。

"海龟湾，海龟湾，"她沉思着，"亲爱的弟弟，你想过没有，亲爱的父亲可能根本就不是我们的父亲？"

"你想说什么？"我说。

"有可能在某个月夜，母亲偷偷从床上爬起来，溜出门去，"她说，"跑到海龟湾去和一只大海龟交配了。"

嗨曜。

*

"伊莉莎，"我说，"如果我们要讨论家务事，或许穆沙里先生应该回避一下，让我们俩单独谈。"

"为什么？"她说，"诺米[1]是我唯一的家人。"

---

[1] 诺米是小诺曼·穆沙里的昵称。——编者注

"呃，呃——"我说。

"你那花枝招展的小鸟屁妈妈当然不是我的亲人。"她说。

"呃，呃——"我说。

"你不会把你自己当成我的亲人吧？"她说。

"要我说什么好呢？"我说。

"这就是我们来拜访你的目的——来听听你能吐出什么象牙来，"她说，"你的脑子向来都很好。而我只不过是你身边必须铲除的毒瘤。"

*

"我从没那么说过。"我说。

"别人都那么说，你也信了他们，"她说，"那更糟。你是个法西斯，威尔伯。你就是那种人。"

"太荒谬了。"我说。

"法西斯分子都是些下等人，当别人说他们高人一等时，他们就信以为真了。"她说。

"呃，呃——"我说。

"然后他们就想要别人都去死。"她说。

*

"这么扯下去没有意义。"我说。

"我习惯了没有意义,"她说,"正如你从报纸和电视上看到的报道所说。"

"伊莉莎——"我说,"在我们有生之年,母亲会一直为我们对你做的坏事而受到煎熬,这会不会让你好受一点儿?"

"怎么可能会好受?"她说,"这是我听过的最愚蠢的问题。"

*

她伸出一条大手臂揽住了小诺曼·穆沙里的肩膀。"他才是懂得如何助人的人。"她说。

我点点头:"我们很感激他。真的。"

她说:"他是我的母亲、父亲,也是我的兄弟和我的神,他是这一切角色的集合,他赐予我生命的礼物!

"他对我说:'金钱无法让你好受一些,甜心,但我们无论如何都会把你的亲戚告得倾家荡产。'"

"嗯。"我说。

"但我不得不说,那绝对比你忏悔罪恶要他妈有用多了。你无论怎么忏悔,都只不过是在炫耀你自己的感情有多丰富而已。"

她发出让人不快的笑声:"你和母亲大概想炫耀一下你们的负罪感吧,我看得出来。毕竟,你们这俩猴子一辈子也就挣了这么点东西。"

嗨嚯。

24

我估摸着伊莉莎正在用全部火力对我的自尊发动猛攻,而我总算是幸存了下来。

我没什么自尊心,只是怀着一颗愤世嫉俗的好奇心冷眼旁观。我发现自己似乎有一副钢铁般的性格,为我抵挡了所有的明枪暗箭,即便我拒绝搭起其他任何形式的自我防御。

我太错估了伊莉莎宣泄的愤怒!

她一开始的攻势只是想暴露出我性格中刚硬的一面。她只是放出了软箭,砍掉我个性外围的树篱和灌木,即剥掉它的外衣。

现在,我完全没有意识到,我个性的外壳已经赤裸裸地呈现在她藏着的榴弹面前,相距不过咫尺,就像富兰克林式开炉一样一览无余,一触即发。

嗨喔。

*

然后是一阵暂时的平静。伊莉莎在起居室里走来走去，看我的书——她自然是一本也读不懂。过了一会儿，她走了回来，昂起头说道："会读书写字的人就能上哈佛医学院吗？"

"我努力地学习，伊莉莎，"我说，"我能考进哈佛并不容易。现在也不容易。"

"要是博比·布朗当上了医生，"她说，"那将是基督教科学派迄今为止最有力的论据。"

"我不会是世界上最好的医生，"我说，"但也不会是最差劲的。"

"你大概可以成为一个很好的敲锣人。"她说。她是在暗指最近的一则谣传，即袖珍人在用古代锣鼓乐治疗乳腺癌的技术上取得了显著成果。"你看上去很男人，"她说，"敲锣应该能百发百中。"

"谢谢。"我说。

"抚摩我。"她说。

"什么？"我问。

"我是你的亲骨肉，是你姐姐。抚摩我。"她说。

"噢，当然了。"我说。但奇怪的是，我的手臂却好像麻痹了一样。

*

"慢慢来。"她说。

"呃——"我说,"可你那么恨我——"

"我恨的是博比·布朗。"她说。

"可你恨博比·布朗——"我说。

"还有贝蒂·布朗。"她说。

"那都是很久以前的事了。"我说。

"摸我。"她说。

"噢,主啊,伊莉莎!"我说。我的手臂依然没有动。

"那我来摸你。"她说。

"随你吧。"我说。我已经吓得浑身僵硬。

"威尔伯,你没有心脏病吧?"她问道。

"没。"我答道。

"要是我碰了你,你保证你不会死掉?"

"我保证。"我说。

"也许我会死。"她说。

"我希望不要。"我说。

"就算我装作知道接下来会发生什么事的样子,"她说,"并不意味着我真的知道会发生什么。也许什么都不会发生。"

"或许吧。"我说。

"我从没见你这么害怕。"她说。

"我是个人。"我说。

"你想跟诺米说说你在害怕什么吗?"她问道。

"不。"我说。

*

就在伊莉莎的指尖快要触到我的脸颊时,她讲了一个黄色笑话——那是我们小时候在墙背后听到威瑟斯·威瑟斯普恩跟另外一个仆人讲的。那个笑话是关于一个在性交时反应狂野的女人。其中,那个女人警告了一个向她求欢的陌生人。

伊莉莎对我发出了那个淫荡的警告:"戴好你的帽子,伙计。我们可能结束于几英里之外的地方。"

*

然后她抚摩了我。

我们又一次合二为一,成了独一无二的天才。

闹剧

25

我们发了狂。要不是神明开恩,我们就从房子里面滚到外面灯塔街的大庭广众之下了。我们身体的某个部位——至于具体是哪个部位,我还完全没有开窍,但伊莉莎却痛苦难耐地意识到了——从很久很久以前开始就一直在谋划着一次重逢。

我已无法说清我在哪里停止,伊莉莎又从哪里开始,或者说我和伊莉莎在哪里停止,而宇宙又从哪里开始。它光彩夺目,却又毛骨悚然。是的,让我们这样衡量它所释放的能量吧:高潮持续了足足五天五夜。

*

结束之后,我和伊莉莎昏睡了三天。当我终于醒来的时候,我发现我正躺在自己的床上,通过静脉注射补充营养。

后来我才知道,伊莉莎已被一辆私人救护车送回了她自己的家。

*

至于为什么没人来打断我们或是向外界求助，那是因为伊莉莎和我将小诺曼·穆沙里、可怜的母亲和仆人们一个个全抓了起来。

我一点儿都不记得自己做过这种事。

我们好像是将他们绑在了木椅子上，堵住他们的嘴，然后整齐排列在饭厅的餐桌边上。

*

我们喂他们食物和水，谢天谢地，不然我们就成杀人犯了。可我们不让他们去上厕所，而且只给他们吃花生酱和果冻三明治。我好像还从房子里出去过几次，搞来更多的面包、果冻和花生酱。

然后开始又一轮的高潮。

*

我记得自己给伊莉莎大声朗读有关小儿科、儿童心理学、社会学和人类学等方面的书。我上过的所有课的课本我都留着，一本也没扔。

我记得我们在拥抱打滚的间隙打字。打字的时候，我坐在打字机前，伊莉莎坐在我身边。我以超人的速度敲打着键盘。

嗨嚯。

*

在我从昏迷中复苏之前,穆沙里和我的律师付给了仆人们数目可观的补偿费,以弥补他们在餐桌边所受的痛苦,并封住他们的嘴,要他们对自己所目睹的骇人之事守口如瓶。

母亲已经从马萨诸塞综合医院出院,返回了海龟湾,卧床不起。

*

在身体上,我除了精疲力竭之外,没有任何其他的感觉。

然而当我可以下床的时候,我的精神受到了巨大的创伤,以致我觉得自己将会面对一个全然陌生的世界。如果那一天的重力改变了,就像多年之后的现实一样,如果那天我就不得不双手双膝着地,在房子里爬来爬去,就像我现在常常做的那样,那我会认为它是宇宙对我的全部遭遇所做出的再合理不过的反应。

*

然而世界几乎毫无变化。房子里干干净净。

书都被放回原来的书架上。打破的恒温器换了一个新的。饭厅里有三把椅子被送去修理了,而地上的地毯不知怎的变得颜色斑驳,淡淡的痕迹显示出被洗掉的污点所在。

唯有一个证物能证明确实有不同寻常之事发生了,其本身堪称干净整洁的典范。那是一份原稿,放在起居室的咖啡桌上——我在梦魇之中疯狂打字的地方。

不知何故,伊莉莎和我居然写出了一篇育儿指南。

*

它写得好吗?其实不好。它的水平只够让它成为继《圣经》和《烹饪之乐》之后的史上第三畅销书。

嗨嚯。

*

在佛蒙特当上儿科医生之后,我发现这本书实在是太有用了,于是以假名伊莱·W. 洛克梅尔博士——用伊莉莎和我的名字胡拼乱凑——的名义将其付梓出版。

出版商给它起了一个书名,叫《这样做你就有了宝宝》。

*

不过在高潮的时候,我和伊莉莎给这部作品起了个完全不同的

名字,并加上了原作者署名,如下:

夜鹰的叫声

贝蒂和博比·布朗　著

26

高潮之后,对彼此的恐惧让我和伊莉莎分离开来。小诺曼·穆沙里充当了我们的中间人,他告诉我,伊莉莎从这场高潮中受到的打击甚至比我还要大。

"我被逼得差点儿又把她送去关起来了——"他说,"这次是为了她好。"

*

马丘比丘是位于秘鲁安第斯山脊上的古印加都城,在后来美国及世界各地的社会改革和经济衰退全面爆发之后,那儿成了富人及其附庸们的避难所。甚至有一些正常身高的袖珍人,他们因拒绝让自己的子孙缩小而藏身其中。

伊莉莎为了彻底远离我,搬到了那儿的一个分契式公寓里。

*

高潮过去一周之后,穆沙里到我家来转达了伊莉莎打算搬到秘鲁的计划,他同时坦承了自己在被绑在餐厅椅子上的那段时间曾一度严重丧失心智。

"我越看你们越觉得你们像弗兰肯斯坦的怪物,"他说,"我开始确信房子里某处有一个开关在控制着你们。我甚至猜到了是哪个开关。我一挣脱束缚,马上就跑过去把它整个拔了出来。"

原来把恒温器从墙上扯下来的人是穆沙里。

*

为了向我证明他发生了怎样的改变,他还承认了自己当初完全是出于一己私利才帮伊莉莎重获自由。"我是一个赏金猎人,"他说,"寻觅那些本不该被关在精神病院里的有钱人,然后放他们自由。至于穷人,我任由他们腐烂在地牢里。"

"那照样是有益的服务。"我说。

"天哪,我可不觉得,"他说,"实际上,我从医院弄出来的那些正常人全都是一出来就发了疯。"

"我忽然觉得自己老了,"他说,"我再也受不了那个了。"

嗨嚯。

那次高潮对穆沙里造成的冲击着实太大了,以致他将伊莉莎的法律和财务事宜移交给了我和母亲聘用的代理人。

两年之后,当我从医学院毕业的时候——顺便一提,我在班上排名垫底——他又一次,也是最后一次进入了我的视线。他为自己的一项发明申请到了专利。《纽约时报》的商业版面上刊登了一张他的照片,以及关于那个专利的介绍。

当时,全国掀起了一阵踢踏舞狂潮。穆沙里发明了一种可以粘在鞋底的金属片,事后可以撕下来。用穆沙里的话来说,人们可以用小塑料袋装着这种金属片,塞在口袋或钱包里,随身携带,跳踢踏舞的时候只需要把它们贴上去就行了。

27

那次高潮以后,我再也没有和伊莉莎见过面。她的声音我后来也只听过两次——一次是我从医学院毕业的时候,另一次是我当上美国总统之后——那时她已经死去很久很久了。

嗨嚯。

*

我毕业时,母亲在波士顿公共花园对面的丽思卡尔顿酒店为我策划了一场毕业派对,我们做梦都想不到,伊莉莎不知打哪儿听说了这个消息,而且千里迢迢从秘鲁赶了过来。

我的孪生姐姐从未来过一封信或一个电话。关于她的种种谣传全都含糊不明,就像是来自小人国。听说,她酗酒过量,甚至还打起了高尔夫。

我在派对上玩得正兴起的时候，一个侍者跑了过来，告诉我外面有人找我——那人不在大厅，而是在外面月光照耀的温柔夜色之中等我。伊莉莎是我最最料想不到的名字。

我跟在那个侍者后面，以为会看到我母亲的劳斯莱斯停在外面。

我的引路人一身制服，举止谦卑，让我更加肯定了自己的猜测。香槟酒也让我飘飘然。我毫不迟疑地跟着他穿过了阿灵顿街，然后进入街道对面的那片魔法森林——公共花园。

他是个冒牌货，根本不是什么侍者。

*

我们在树林中渐行渐深，每到一片空地，我都以为会看到我的劳斯莱斯。

然而，他却把我带到了一座雕像前。它雕刻的是一个旧时代的医生，穿着让我觉得好笑。他一脸忧郁，神情却高傲，怀里抱着一个沉睡的婴孩。

借着月光，我看到它的铭文说这是座纪念碑，纪念麻醉药在美国的首次使用，而那正是发生在波士顿。

闹 剧

*

我听到城里某处传来了一种夹杂着咔嗒咔嗒的呼啸声,可能是从联邦大道传来的。可我还没能认出那是直升机盘旋的声音。

然而就在此时,那位冒牌侍者(真实身份是伊莉莎的一个印加仆人)向空中发射了一枚照明弹。

那不自然的炫目光芒所触及的每一件事物都变得如同雕像一般,犹如毫无生气的模型,仿佛有千斤之重。

那架直升机直逼我们而来,形状渐渐清晰,它自身在照明弹的刺眼强光中发生了一种富有寓意的变形,成了一个恐怖的机械天使。

伊莉莎就在上面,手里拿着一个扩音器。

*

看上去她有可能会从那儿向我射子弹,或是扔一袋粪便下来砸我。但她不远千里从秘鲁来到这儿,只是为了传达半首莎士比亚的十四行诗。

"听着!"她说。"听着!"她说。然后又是"听着!",她又说了一遍。

与此同时,附近的光渐渐暗了下去,照明弹的降落伞落下,挂在一棵树的树顶。

伊莉莎对我、对周围的世界如是说道:

哦，我怎能不越礼地把你歌颂，
当我的最优美部分全属于你？
赞美我自己对我自己有何用？
赞美你岂不等于赞美我自己？
就是为这点我们也得要分手，
使我们的爱名义上各自独处，
以便我可以，在这样分离之后，
把你该独得的赞美全部献出。[1]

*

我的双手在嘴边卷成了喇叭筒，向她喊："伊莉莎！"然后我喊出了一句大胆的话，我这辈子第一次真正感受到的某种感情。

"伊莉莎！我爱你！"我说。

这时候黑暗再度降临。

"你听到我的话了吗，伊莉莎？"我说，"我爱你！我真的爱你！"

"我听到了，"她说，"任何人都不该对别人说这句话，永远都不该。"

"我是真心的。"我说。

---

[1] 本诗为莎士比亚十四行诗第39首的前半部分，译文选自梁宗岱译《莎士比亚十四行诗》（四川人民出版社1983年版）。

"那么我也用一句真心话来回答你,我的弟弟——我的孪生弟弟。"

"什么?"我说。

她是这样说的:"愿上帝指引威尔伯·洛克菲勒·斯温的手和心。"

*

然后直升机就飞走了。

嗨嚯。

28

我回到了丽思卡尔顿酒店,又哭又笑——一个身高两米、身穿褶边衬衫和一件淡青色丝绒礼服的尼安德特人。

有一群人聚在一起,好奇地讨论着刚才在东方短暂升起的超新星,以及从爱与分离的天堂中传来的说话声。我从他们旁边挤了过去,进入宴会厅,任由门口守卫的私人侦探将身后的人群挡在外面。

我的派对宾客们这时才刚开始听到一点儿风声,得知外面发生了不可思议的事件。我向母亲走去,想告诉她伊莉莎刚才的所作所为,却诧异地发现她正在和一个难以名状的陌生中年人说话,那人身穿一件廉价西装,打扮很像是侦探。

母亲介绍说他是"莫特医生"。没错,他正是在佛蒙特照料了我和伊莉莎很长时间的那位医生。他正在波士顿出差,而且巧合的是,他还正好住在丽思卡尔顿酒店。

可是,我的脑子被消息和香槟塞得满满的,根本就不知道,或者说不关心他是谁。我跟母亲随便说了几句，然后向莫特医生问好，说见到他很高兴，之后连忙去了房间另一边。

*

大概过了一个钟头，我回到了母亲身边，莫特医生已经离开了。她又跟我讲了一次他的身份。我礼貌性地为自己不能多陪他一会儿而表示遗憾。她递给我一张纸条，说是他写给我的毕业礼物。

那是一张丽思卡尔顿酒店的信纸，上面只写了简简单单的一句话：

"'你如果做不了好事，至少别做坏事。'希波克拉底。"

*

是的，当我把佛蒙特那栋老宅改建成一家诊所兼小型儿童医院以及我的常住住所时，我将这句话刻在了前门上方的石头上。可它让我的病人和家长们倍感困扰，于是我又把它凿了下来。这话在他们看来似乎是一种软弱和优柔寡断的坦白，暗示他们最好走得远远的，不要进来。

然而，我始终将这句话记在心中，事实上我也没做过什么坏事。我平时行医仅仅依赖一本书，它是我所有知识的重心，我每晚都将它锁进一个保险柜里——它就是我和伊莉莎在灯塔山的高潮期间所写的那本育儿指南的手稿装订本。

不知为何，我们在其中写尽了一切。

然后，时光流转。

*

其间，我娶了一位门当户对的大家闺秀，她其实是我的一个远房表亲，娘家名字叫作罗丝·奥尔德里奇·福特。她过得很不幸福，因为我不爱她，也从不带她去任何地方。我从不擅长爱情。我们有一个孩子，卡特·佩利·斯温，对他我同样爱不起来。卡特很普通，无法引起我丝毫的兴趣。反正他就像是一个长在藤上的西葫芦，毫不起眼，软弱乏味，随着时间的流逝只是越长越大。

我和他母亲离婚之后，他们母子俩在秘鲁的马丘比丘买了一套公寓，和伊莉莎的房子同属一栋楼。从那以后我再也没有听到他们的消息，即便是我当上美国总统之后，他们也从未有过半点音信。

时光飞逝。

*

一天早上，我睁开眼睛，发现自己已年近半百！母亲也搬到了佛蒙特，和我一起住。她卖掉了她在海龟湾的房子。她的身体非常衰弱，整日战战兢兢。

她常常对我谈起天堂。

当时的我对这一方面还一无所知。我以为人死了就是死了,一了百了。

"我知道你父亲在张开双臂等着我呢,"她说,"还有我的妈咪和爹地。"

事实证明,她说得没错。天堂里的人所能做的唯一一件事就是等待其他人。

*

在母亲的描述里,天堂就像是夏威夷的一个高尔夫球场,修剪得整整齐齐的球道和草地一直延伸到温暖的海洋。

我稍稍揶揄了一下她想要的那种天堂。"听上去好像那儿的人会喝很多柠檬水。"我说。

"我喜欢柠檬水。"她答道。

29

母亲在临终之前念叨的另一件事是,她有多么厌恶非自然的东西——什么合成香料啦,合成纤维啦,合成橡胶之类的玩意儿。她说她喜欢丝绸、棉花、亚麻、羊毛和皮革,还有泥土、玻璃和石头。她也爱马和帆船,她说道。

"它们都在慢慢回归,母亲。"我说。这是事实。

我的医院当时就有二十匹马,还有四轮运货马车、二轮运货马车、厢式马车和雪橇。我自己还有一匹马,一匹高大的克莱兹代尔马[1],金色的羽毛盖住了马蹄。它的名字叫"百威"。

是的,我听说,纽约、波士顿和旧金山的港湾又变回了桅杆的丛林。我已经好长时间没见过船了。

---

[1] 原产于苏格兰克莱德河流域拉纳克郡的一种名马。

*

是的,随着机械的消亡,随着来自外部世界的联络信号变得越发晦涩不明,我发现我的思想对幻觉的接受力也令人欣慰地日益增强。

所以在一天夜里,当我给床上的母亲披好被子,然后拿着点燃的蜡烛回到自己房间,看到一个和我拇指一样大的袖珍人坐在我的壁炉架上时,我一点儿也没感到惊讶。只见他身穿一件蓝色的棉袄和长裤,戴着帽子。

事后我查了一下,可以断定在他之前,小人国至少已有二十五年没往美国派过任何官方使节了。

*

据我所知,在那些年里去了小人国的外国人没有一个从那儿回来。

所以"去小人国"成了自杀的委婉说法并广泛流传。

嗨嚯。

*

我的小客人以动作示意我走近点,这样他就不必大声喊叫了。我将一只耳朵凑近他。那里面的景象肯定很恐怖——一条满布耳毛和星星点点的耳屎的隧道。

他告诉我说他是位巡回大使，被委派来干这个工作是因为他可以为外国人的肉眼所见。据他所言，他的体形比一般的袖珍人要大很多很多。

"我以为你们国家的人已经对我们失去了兴趣。"我说。

他笑了。"我们说了蠢话，斯温医生，"他说，"我们道歉。"

"你是说我们还知道一些你们不知道的事？"我说。

"不完全对，"他说，"我的意思是你们曾经知道一些我们不知道的事。"

"我无法想象那会是什么样的事。"我说。

"那是当然，"他说，"让我给你一点儿提示：我为你带来了你在马丘比丘的双胞胎姐姐的问候，斯温医生。"

"那算不得什么提示。"我说。

"我非常希望能看看你和你姐姐在许多年前放在伊莱休·罗斯福·斯温教授陵墓中的骨灰坛里面的文件。"他说。

*

事情是这样的，袖珍人派了一支探险队到马丘比丘，想要发掘某些失落的印加之谜。他们也像我的这位访客一样，比一般袖珍人的体形要大。

是的，伊莉莎联系到了他们，并提出了一个建议。她说她知道的一些秘密比起印加的任何辉煌都有过之而无不及。

"如果能证明我说的是真话,"她对他们说,"我要你们奖励我——送我去你们在火星上的殖民地。"

*

他说他的名字叫无名氏。

*

我问他是怎么到我的壁炉架上来的。
"用我们去火星的方法。"他答道。

30

我同意带领无名氏去陵墓。我把他装在我胸前的口袋里。

在他面前,我自惭形秽。虽然他那么小,但我确定他掌管着我的生杀大权。是的,而且他比我要有知识多了——即便是对于医学,也许即便是对于我自己,他的了解都更甚于我自己。他同样让我觉得自己很肮脏,让我觉得自己长这么大个儿真是贪婪。我那天的晚饭可以喂饱一千个他那么大的人。

*

陵墓的外门被焊死了。所以我和无名氏不得不走秘密通道,进入我童年的平行世界,然后从陵墓的地板下钻出来。

我们穿过层层蛛网的时候,我问起他袖珍人用锣治疗癌症的事。

"我们早就不用那么落后的技术了。"他说。

"也许我们这里还可以用得上。"我说。

"我很抱歉——"他的声音从我的口袋里传了出来,"但你们所谓的文明,还是太过于原始了。你们永远也理解不了。"

"嗯。"我说。

*

对于我所有的问题他都是那么回答的,说我实在太愚昧,什么都不懂。

*

当我们走到进入陵墓的活动石门下面的时候,我往上推,却推不开它。

"把你的肩膀放进去,"他说,"用砖拍它。"诸如此类。

他的建议都是那么简单直接,于是我断定当时的袖珍人对如何对付重力这个问题不比我了解更多。

嗨嚯。

*

门终于打开了,我们进到了墓里。我的样子看上去肯定比平常更骇人,整个人从头到脚都裹着蜘蛛网。

我从口袋里掏出无名氏,然后按他的要求,将他放在伊莱休·罗斯福·斯温教授的铅棺材上面。

我只有一支蜡烛用来照明。但这个时候,无名氏从他的公文包里掏出了一个小盒子。它发出的耀眼光芒照亮了整个大厅,炫目得就像很久以前在波士顿照耀着我和伊莉莎重逢的那枚照明弹。

他要我把文件从坛子里取出来,我照办了。它们保存得十分完好。

"这注定是一堆垃圾。"我说。

"对你而言,或许是的。"他说。他要我把它们摊开,平铺在棺材上,我照办了。

"我们那时还只是孩子,怎么能够知道连今天的袖珍人都不知道的东西呢?"我问道。

"运气。"他说。他蹬着微型的黑白色篮球鞋,开始在纸面上踏来踏去,时不时停下来给他读到的某些内容拍照。他似乎对我们写的那篇重力论文特别感兴趣——或者说从我现在的后见之明看来确是如此。

*

最后他终于心满意足。他感谢了我的配合,说他现在要解体,化为非物质,回小人国去。

"你找到什么有价值的东西了吗?"我问他。

他笑了:"一张去火星的票,给秘鲁一位大个儿白人妇女的。"

嗨嚯。

31

三周后,我五十岁生日的早上,我骑着我的"百威"马去村庄,收取信件。

其中有一张伊莉莎发来的便笺,上面只写了两句话:"祝我们生日快乐!去小人国了!"

从邮戳来看,这则消息是两周以前发的。同一批邮件里还有另一封更新的消息。"很遗憾地通知您,您姐姐在火星上死于山崩。"署名是"无名氏"。

*

我站在邮局老旧的木质门廊里,在隔壁小教堂投下的阴影里读着这不幸的消息。

一种异乎寻常的感觉向我袭来,一开始我以为那是发自内心的悲痛之情引发的第一反应。我就像在门廊里生了根似的,无法抬起自己的脚。除此之外,我的容颜就像是熔化的蜡一样,向地面坠落。

实情是,重力忽然急剧加强。

教堂里发出一声巨大的撞击声。大钟从塔尖掉落下来。

然后我径直穿过门廊,猛地摔倒在它下面的土地上。

*

当然,在世界的其他地方,电梯的电缆绷断,飞机坠毁,轮船沉没,机动车辆车轴断裂,大桥倒塌,如此种种。

太可怕了。

闹 剧

32

第一次强重力剧震仅持续了不到一分钟,然而世界再也回不到从前。

一切平息之后,我头昏眼花地从邮局的门廊下爬了出来,拾起我的邮件。

"百威"已经死了。它努力保持站立,身体内部却散了架。

*

我肯定是出现了炮弹休克之类的症状。村庄里的人们都在哭喊着呼救,而我是那儿唯一的医生。但我只是走开了。

我记得我在家里的苹果园中失神地徘徊。

我记得我在家族墓地里停下脚步,心情沉重地打开了一封来自一家制药厂寄来的信件,里面装着一打样本药丸,颜色和大小都很像小扁豆。

我非常仔细地阅读了随附的文字，里面解释说这些药丸的商品名称是"三苯并举止塔米尔"。其中的"举止"指的是端正的举止，即被社会接受的行为。

这种药是用来治疗图雷特氏病的种种不被社会接受的症状。患上这种病的人会不分场合、不由自主地口吐污言秽语，或比画侮辱性的手势。

我当时的精神陷入错乱，觉得自己很有必要马上服下两颗药。于是我吞了两颗。

两分钟过去了，满足感和自信感前所未有地充盈了我整个身心。

随之而来的药瘾将持续差不多三十年。

嗨嚯。

*

真是个奇迹，我的医院里没有一个人丧生。

有些体重偏重的孩子的床和轮椅坏掉了。一位护士跌下了以前曾被伊莉莎的床遮挡住的一扇暗门，摔断了两条腿。

至于母亲，谢天谢地，整个过程中她一直在睡觉。

当她醒来的时候，我站在她的床前。她又一次对我说她有多痛恨非自然的东西。

"我明白，母亲，"我说，"我再赞同不过了。回归自然。"

*

直到今天我都没有弄清楚，那可怕的重力激震究竟是自然所为，还是袖珍人的一次实验所致。

当时我曾考虑过它可能与无名氏拍摄我和伊莉莎的重力论文那件事之间存在某种关联。

是的，于是嗑"三苯并举止塔米尔"嗑到嗓子眼儿的我将我们的文件全部从陵墓里搬了出来。

*

那篇重力论文让我无法理解，我和伊莉莎挨着脑袋的时候恐怕比和她分开的我要聪明一万倍。

然而，我们将美国重组为成千上万个人造大家庭的乌托邦计划却简单明了。顺便一提，无名氏翻到这里的时候，认为它很是荒谬。

"这真是小孩子把戏。"他说。

*

我觉得它让人着迷。它说人造大家庭在美国已经不新鲜了。医师觉得自己和其他医师一脉相连，律师和律师之间，作家和作家之间，运动员和运动员、政客和政客之间无不如此。

不过，我和伊莉莎说这是不良的大家庭，它们将儿童、老人、家庭主妇以及形形色色的失败者排除在外。另外，他们的关注点通常太过于专业，以至在外行看来他们差不多就像疯子一样。

"一个理想的大家庭，"很久以前的伊莉莎和我写道，"应当为各种类型的美国人带来与其人数成比例的代表。比方说，创造一万个这样的家庭，将会为美国带来一万个议会，它们将真诚、专业地讨论现在仅由少数伪君子在激烈争论的问题，即全人类的福祉。"

*

我还没读完，就被护士长打断了。她进来告诉我受到惊吓的小病人们终于都睡着了。

我感谢她为我带来这个好消息。然后我听见自己以轻松的口吻对她说道："噢——我还需要你写信给印第安纳波利斯的礼来公司，向他们订购两千颗新药，药名叫'三苯并举止塔米尔'。"

嗨嚯。

闹 剧

33

两周之后,母亲去世了。

在接下来的二十年内,重力不会再来骚扰我们。

时光飞逝。如今时间成了一只模糊的飞鸟,随三苯并举止塔米尔剂量的不断增加而越发混沌不明。

*

某一天,我关闭了医院,彻底放弃了行医,然后被推选为佛蒙特议员,进入了美国国会。

时光继续飞逝。

有一天,我发现自己在竞选美国总统。我的贴身男仆在我的燕尾服外套的翻领上别了一枚竞选徽章,上面写着一条将为我赢得选举的标语:

> LONESOME NO MORE!

（不再孤独！）

*

竞选期间，我在纽约只亮过一次相，在42街和50街的公共图书馆的台阶上公开演讲。当时这座岛已成了沉睡的度假海滨。在第一次重力剧震之后，它再也没有从毁灭中恢复过来。那场灾难夺走了它楼房的电梯，淹没了它的隧道，拉垮了差不多所有桥梁，只有布鲁克林大桥幸免于难。

现在重力又一次变得起伏不定。激烈波动的现象没有再出现。如果真是袖珍人在操纵重力，那他们肯定已经学会了逐渐调大或调小它，目的可能是减少死伤和财产损失。所以它现在舒缓得近乎肃穆，有如潮汐一般。

闹 剧

*

当我在图书馆的台阶上演讲时，重力很强。于是我选择坐在椅子上讲话。虽然我的意识全然清醒，身体却像旧时代醉醺醺的英国乡绅一样慵懒地靠在椅子上。

我的听众大都已退休，他们干脆在第五大道上躺了下来，警察已经封锁了整条街，虽然这条街道上原本就没有什么车辆行人。似乎在麦迪逊大道的某处有一场小爆破——岛上废弃的摩天大楼正在被分解成碎石，重新开采利用。

*

我谈到了美国人的孤独。仅凭这一张牌就能让我获得胜利，幸运的是，这也是我手上唯——张牌。

很遗憾，我说道，我没能早点儿带着我简单易行的抗孤独计划进入美国历史。我说，美国人过去一切毁灭性的放纵行为都是由孤独引发，而非对罪恶的偏爱。

事后，一个老人爬到我面前，告诉我他以往买了那么多的人寿保险、共同基金，还有什么家用电器和汽车之类的东西，并不是因为喜欢或需要它们，而是因为那些销售员看上去似乎是在许诺要做他的亲人，如此云云。

"我没有亲人，而我需要亲人。"他说。

"所有人都需要。"我说。

他告诉我说他有一段时间酗酒，想要在酒吧里寻找亲人。"酒保可以表现得像父亲一样，你知道——"他说，"然后打烊时间突然到了。"

"我明白。"我说。我给他讲了一个关于我自己的半真半假的故事，事实证明，它在竞选活动中很得人心。"我曾经也孤苦伶仃，"我说，"唯一能听我说说心里话的是一匹马，名叫'百威'。"

然后我向他讲述了百威是怎么死的。

*

在这次讲话中，我时不时会用手捂住嘴，看上去是在压抑大声叫喊的冲动。事实上，我是在往嘴里扔绿色的小药丸。那个时候它们已被列为非法药物，并已停止生产，不过我在参议员办公楼还藏了大概一蒲式耳[1]。

它们让我在任何情况下都不失礼数、乐观向上，或许也是靠它们，我才没有像其他人那样迅速衰老。我已经七十岁了，精力却和年龄只有我一半的人一样旺盛。

我甚至娶了一个漂亮的新老婆，索菲·罗斯柴尔德·斯温，年仅二十三岁。

---

[1] 计量容量的单位，在美国，1蒲式耳约合35.24升。——编者注

闹　剧

*

"如果你当选总统,我会得到人工分配的新亲戚——"那男人停顿了一下,接着说道,"你刚才说是多少人来着?"

"兄弟姐妹一万人,"我告诉他,"嫡亲十九万人。"

"那岂不是多得要命?"他说。

"我们刚才不是一致同意了吗?在我们这个庞大臃肿的国家里,我们都需要尽可能多的亲人。"我说,"比方说,如果你去怀俄明州,知道那里有很多你的亲人,这难道不是一种安慰吗?"

他细细思索着这句话。"嗯,是的——我想是的。"最后他说道。

"正如我在演讲中谈到的,"我对他说,"你的新中间名将包含一个名词,一种花的名字,或是一种水果、坚果或豆类的名字,或者是一种鸟、爬虫或鱼,又或是一种软体动物、一种宝石、一种矿物、一种化学物质,再由连字符连接一个1到20之间的数字。"我问他现在的名字叫什么。

"埃尔默·格伦维尔·格拉索。"他答道。

"嗯,"我说,"你可能会成为埃尔默·铀-3·格拉索。所有中间名包含'铀'的人都将成为你的嫡亲兄弟姐妹。"

"那就回到了我第一个问题,"他说,"万一我摊上了一个让我完全无法忍受的人造亲戚怎么办?"

*

"有一两个无法忍受的亲戚又有什么稀奇的呢?"我反问他,"那样的事从古至今持续了大概有一百万年了,不是吗?"

然后我对他说了句非常脏的话。我并不喜欢说脏话,以本书为证。在那么多年的公众生涯里,我从未对美国人民说过一句不入流的话。

所以当我终于爆粗口的时候,效果惊人。我这么做是为了加深印象,让人们记住我的新社会计划对普罗大众而言将是多么天衣无缝。

格拉索先生并不是第一个听到我那惊世骇俗的粗话的人。之前我甚至在广播里也讲过——当时,电视这种东西已不复存在。

"格拉索先生,"我说,"在我当选总统之后,如果你不对那些让你憎恶的人造亲戚说:'兄弟姐妹或堂兄弟姐妹……'具体称谓视具体情况而定,'你干吗不滚去操甜甜圈?你干吗不飞去月——球操蛋?'我个人将会非常失望的。"

*

"格拉索先生,你知道你说了那些话之后,那些亲戚会怎么做吗?"我接着说,"他们会回家,好好想想怎样才能更好地为人亲戚!"

*

"而且想想看,如果这改革能够实现的话,你将会变得多么富有啊,如果一个乞丐走到你跟前,找你要钱的话。"我继续道。

"我不明白。"那人说。

我说:"哎,你问那个乞丐:'你的中间名叫什么?'他会回答'牡蛎-19'或'山雀-1'或'蜀葵-13',或是其他类似的东西。

"这时候你就可以对他说:'伙计——我恰好是铀-3。你有十九万个嫡亲和一万个亲兄弟姐妹。你在这个世上根本就不孤独。我还有我自己的亲戚要照应呢。所以你干吗不滚去操甜甜圈?你干吗不飞去月——球操蛋?'"

34

我当选总统的时候,能源短缺非常严重,我上任后面临的第一个棘手的问题就是找到足够的电力来驱动电脑,以分配新的中间名。

我从前任给我留下的残败陆军里抽调了马匹、士兵和车辆,去国家档案馆将成吨的文件拉到发电站。这些文件都是理查德·M.尼克松——历史上唯一一位被迫辞职的总统——执政期间留下来的。我亲自去档案馆监督搬运,并在那儿的台阶上对士兵和零零星星的过路者发表了讲话。我说尼克松先生及其相关人士都被一种相当致命的孤独病袭击,乱了阵脚。

"他承诺要让我们团结起来,却反倒将我们拆散,"我说,"现在,嘿,他终于要将我们团结在一起了。"

我在档案馆正门上的铭文下方摆姿势拍照,那句铭文如下:

"过往皆序幕。"

"他们本质上不是罪犯,"我说,"但他们渴望分享他们在集团犯罪中看到的那种兄弟情谊。"

*

"政府里的孤独者犯下的许多罪行都掩埋在这个地方，"我说，"所以这里的铭文完全可以写成：'一家人全犯罪好过一个家人也没有。'"

"我认为我们现在正在为这个如此胡闹的悲剧时代画上休止符。序幕结束了，朋友们，邻人们，亲人们。让我们开启我们高尚事业的主篇章吧。"

"谢谢。"我说。

*

我说的话不会刊登在任何一家大的报纸或全国性杂志上。由于缺乏燃料，大型印刷厂全部关闭了。现场也没有麦克风，有的只是人。

嗨嚯。

*

我将一个特别的饰品分发给士兵们，以表纪念。它是一条淡蓝色缎带吊着的一枚塑料徽章。

我半开玩笑地解释说,这条缎带代表着"幸福的青鸟"。而徽章上自然是刻着如下字样:

LONESOME NO MORE!

(不再孤独!)

闹剧

35

　　摩天大楼国家公园这儿正是上午时分。重力轻盈,但梅洛迪和伊萨多没有去给婴儿堆金字塔。因为我们准备去大楼的顶上野餐。还有两天就是我的生日了,因此两个年轻人与我亲密相伴。多好玩啊!

　　没什么能比过生日更让他们开心的了!

　　梅洛迪在给一只鸡拔毛,它是薇拉·花栗鼠-5·扎帕的一个奴隶今天早上送过来的,他还给我们带了两条面包和两升黏稠的浓啤酒。他打着手势,示意他是如何给我们补充了营养。他将两个啤酒瓶的瓶底压在自己的乳头上,假装他的乳房能产浓啤酒。

　　我们笑了起来,拍着手掌。

*

　　梅洛迪将一把把的羽毛抛向空中。在轻重力之下,她看上去就像个白女巫。她一弹指,就变出了蝴蝶。

我勃起了。伊萨多也是。所有雄性都是。

*

伊萨多拿着他用小树枝做成的扫帚打扫大厅。他唱着他除了《祝你生日快乐》之外仅知的一首歌。是的,他五音不全,所以只能算是在哼哼唧唧。

"划,划,划你的船。"他哼道。
"轻轻地顺流而下。"
"开心,开心,开心,开心——"
"人生不过是一场梦境。"

是的,而我现在记起了在我如梦人生中的某一天,那是很久很久以前,我收到了来自我国总统——正是我本人——的一封絮絮叨叨的信。和其他公民一样,我也如坐针毡地苦等着电脑给我分配新的中间名。

我的总统祝贺我得到了新名字。他叮嘱我要将它用在日常签名中,放在邮箱上,填在信笺抬头、地址簿及诸如此类的地方。他说这个名字是百分之百随机分配的,绝不涉及对我性格、外貌或过去的任何评判。

他虚伪地、故作亲切地给我举了几个近乎疯狂的例子,以说明我可以怎样为我的人造亲戚服务：他们不在家的时候为他们家里的植物浇水；给他们照看婴儿，以便他们能离家一两个小时；给他们推荐一个真正无痛的牙医；为他们寄邮件；在他们害怕看医生的时候陪他们一起去；去监狱或医院看望他们；陪他们看恐怖电影。

嗨嚯。

*

顺便一提，我迷上了自己的新名字。我吩咐立即将白宫椭圆办公室刷成淡黄色，以庆祝我成为一枝"水仙"。

就在我向我的私人秘书霍滕斯·大梭鱼-13·马克邦迪下达重新粉刷办公室的命令时，一个白宫厨房的洗碗工出现在她的办公室。事实上，他此行是为了一件羞于启齿的事情。由于太难为情了，他一开口说话就哽咽。

当他终于把自己的意思表达清楚的时候，我拥抱了他。他专程从重重蒸汽中来到这里，鼓起自己最大的勇气告诉我：他也是水仙的一员——水仙-11。

"我的兄弟。"我说。

36

难道这个新社会计划就没遭遇到什么实质性的反对吗？嗯，当然有了。而且，正如我和伊莉莎预想的一样，人造大家庭的想法严重激怒了我的敌人，导致他们也联合起来，建立起了自己的多语言人造大家庭。

他们也有竞选徽章，我当选总统之后，他们还戴了很长一段时间。那些徽章上的字可想而知，即：

LONESOME Thank God!

（孤独，感谢上帝！）

闹 剧

*

我不禁发笑,甚至连我曾经名叫索菲·罗斯柴尔德的妻子都开始佩戴那个徽章。

嗨嚯。

*

当索菲从她的总统——就是我——那儿收到一封格式信的时候,她勃然大怒。信上要求她不再做罗斯柴尔德,转而成为一名花生-3。

再次声明:我很抱歉,但我禁不住发笑。

*

索菲为此怒火中烧了好几个礼拜。然后,她在一个重力极强的午后爬进了椭圆办公室,告诉我她恨我。

我没有被刺伤。

我已经说过了,我很清楚自己不是缔造幸福婚姻的那块料。

"我真的没想到你会这么过分,威尔伯,"她说,"我知道你是个疯子,你姐姐也是个疯子。但我不敢相信你会这么绝。"

*

索菲不必抬头看我。我也倒在地板上——俯卧着，下巴搁在一个枕头上。我在读一篇引人入胜的报道，讲的是发生在伊利诺伊州厄巴纳的一件事。

我全神贯注地读着，完全没有在意她，于是她说："你在读什么那么有趣，甚至远比我有趣？"

"嗯——"我说，"这么多年来，我一直是最后一个和袖珍人说话的美国人。现在再也不是了。有个小人国代表团去了厄巴纳，拜访了那儿一名物理学家的遗孀——大概是三周以前。"

嗨嚯。

*

"我自然不想耽误你宝贵的时间，"她说，"你和袖珍人的关系永远比和我要亲。"

我曾送给她一把轮椅做圣诞礼物，用于强重力的日子载着她在白宫转悠。我问她为什么不用它。"让你四肢着地到处爬，"我说，"我非常过意不去。"

"我现在是一个花生了，"她说，"花生贴近大地生长。花生以低下闻名。它们是贱中之贱，下中之下。"

*

在游戏刚刚开始的阶段，我觉得不允许人们改变政府给他们指派的中间名至关重要。我错了，不该那么自以为是。现在，人们随心所欲地更改着名字——无论是在死亡之岛，还是在任何地方。我也没看到它带来了什么害处。

然而，我却对待索菲非常刻薄。"你想成为老鹰或是钻石，我猜。"我说。

"我想做罗斯柴尔德。"她说。

"那你恐怕要去马丘比丘才行。"我说。她的大多数血亲都去了那里。

*

"你非得这么折磨我？"她说，"非要让我和那些从潮湿岩石下爬出来的地蜈蚣一样的陌生人交好，来证明自己的爱？那些多脚虫？鼻涕虫？蠕虫？"

"嗯，嗯。"我说。

"你最后一次看围栏外的畸形秀是什么时候？"她问道。

在白宫草坪外围的围栏外面，每天都挤满了密密麻麻的人，声称是我或索菲的人造亲戚。

我记得那儿有一对孪生侏儒兄弟，举着一面写着"花儿力量"的旗帜。

我还记得有一个女人，紫色晚礼服裙外面套着一件陆军野战夹克，头戴一顶老式的皮质飞行员头盔，还戴着护目镜，等等。她手举由一根棍子连着的标语牌，上面写着"花生·黄油"。

*

"索菲——"我说，"那儿的人不代表一般美国大众。你说他们是从潮湿的石头下面爬出来的，像多脚虫，像地蜈蚣，像蠕虫，没错。他们从来就不曾拥有过任何朋友或亲人。他们一辈子都不得不生活在怀疑之中：怀疑自己是不是降生到了错误的宇宙，因为从没有任何人向他们问过好，也没有任何人给他们任何事情做。"

"我恨他们。"她说。

"尽管恨吧，"我说，"据我所知，那几乎没有什么害处。"

"我没想到你会这么过分，威尔伯，"她说，"我以为你当上总统就满足了。我没想到你会这么过分。"

"是的，"我说，"我很高兴我这样做了。我很乐意为围栏外面那些人着想，索菲。他们都是些被吓坏了的遁世者，现在人性化的新法律将他们从潮湿的石头下面诱了出来。突然间，他们的总统从这个国家至今仍未被开发的社会宝藏中给予他们那么多兄弟姐妹和嫡亲兄弟姐妹，他们找得眼花缭乱。"

"你疯了。"她说。

"很有可能，"我答道，"但我看到外面那些人即便没找到他人，也找到了彼此，这不会是幻觉。"

"他们只配得上彼此。"她说。

"确实,"我说,"他们也该得到一些其他的东西,一些注定要到他们手上的东西,既然他们有了和陌生人说话的勇气。你瞧着,索菲。体验到了与人为伴的感觉之后,他们就会在短短几小时或几天,或至多几周的时间内爬上进化的阶梯。"

"那不会是幻觉,索菲,"我说,"我看到他们在当了那么多年——如你所说,索菲——多脚虫、鼻涕虫、地蜈蚣和蠕虫之后,终于成了人类。"

嗨嚯。

37

不出所料,索菲和我离婚了,然后带着她的珠宝、皮草、画和金砖之类,匆匆逃到了秘鲁马丘比丘的一所分契式公寓里。

我记得,我对她说的最后一句话差不多是这样的:"你就不能等到我们编撰完家族目录再走吗?你肯定能发现很多身份尊贵的男女和你有亲缘关系。"

"我本来就已经有了很多身份尊贵的男女亲戚,"她答道,"再见。"

*

为了编撰发布家族目录,我们不得不从国家档案馆再拖出一些纸张到发电厂。这一次,我选了尤利塞斯·辛普森·格兰特和沃伦·加梅利尔·哈丁两位总统任期内的文件。

我们无法给每位公民都做一份个人目录,只能给国内每个州议会大厦、市政厅和镇公所、警察局及公共图书馆各配送一套完整版目录。

*

我做了一件贪心的事：在索菲离开我之前，我为我们自己单独留了一套水仙和花生家族的目录。就在此时此地的帝国大厦，我还保存着一份水仙的目录。那是去年薇拉·花栗鼠-5·扎帕送给我的生日礼物。它是初版，也是发行过的唯一一版目录。

我在里面又发现了一些新亲戚，其中赫然在列的有纽约巴达维亚的警察局长克拉伦斯·水仙-11·约翰逊、前世界轻重量级拳击冠军穆罕默德·水仙-11·X，以及芝加哥芭蕾舞团的首席女演员玛利亚·水仙-11·切尔卡斯基。

*

顺便一提，索菲没能看到她的家族目录，从某种意义上来说，我也为她感到高兴。花生家族看上去确实是一群贴近大地的人。

我现在能够回想起来的最有名的花生只是一个名不见经传的轮滑小明星。

嗨嚯。

是的，在政府发放了目录之后，自由企业也开始制作家族报纸。我的报纸叫作《水仙界》。索菲家的《花生八卦》在她离开很久之后还一直往白宫送。薇拉有一天告诉我，以前花栗鼠家族的报纸叫作《柴堆》。

亲人们纷纷在分类广告上寻找工作或投资，或是出售物品。新闻栏则发布各种亲人取得成功的消息，并公布哪些人猥亵儿童，哪些人是骗子之类的信息，提醒人们注意。还有分布在各个医院和监狱的亲人名单，以便人们前去探望。

社论版的文章呼吁建立家族医疗保险项目，组建运动队，等等。我记得有一篇不知是刊登在《水仙界》还是《花生八卦》上的有趣评论，说道德水准很高的家族是法律和秩序的最佳维护者，由此可预料，警察局将逐渐消失。

"如果你得知某个亲戚卷入了犯罪活动，"文章做出结论，"不要叫警察，再叫十个亲戚过来。"

诸如此类。

*

薇拉告诉我，《柴堆》的口号曾是："好公民就是好家庭主妇或好家庭主夫。"

*

随着新的家族展开了对自身的研究，一些古怪的数据浮出了水面。比如，富贵草家族几乎每个人都会一种乐器，或至少唱歌不会走调。他们里面有三个人是大型交响乐团的指挥。袖珍人拜访过的那个厄巴纳寡妇就是个富贵草。她靠在当地教授钢琴课来养活自己和她的儿子。

西瓜家族的平均体重比其他任何家族的人都要重一公斤。

硫酸家族四分之三的人都是女性。

诸如此类。

至于我自己的家族：水仙家族高度集中在印第安纳波利斯及其周边地区。我的家族报纸就是在那儿发行的，它的报头上醒目地标着几个字："印于美国水仙城。"

嗨嚯。

*

家庭俱乐部开始出现。我出席了曼哈顿第五大道43街上的水仙俱乐部的开业仪式，并亲自剪彩。

即便有三苯并举止塔米尔镇定我的神经，那次经历还是激起了万千思绪。依据同一前提，我曾属于另一家俱乐部，亦属于另一种人造大家庭。我的父亲、我的祖父和外祖父，还有我曾祖辈的四个爷爷，无一例外。

这幢大楼曾经是有钱有势的成熟中年男人的巢穴。

现在,这里面挤满了母亲和孩子,以及下跳棋或象棋或睡梦正酣的老人,还有年轻一点儿的人在上舞蹈课,在鸭柱球球道上打保龄球,或是玩弹球机。

我不禁发笑。

闹 剧

38

就在那次曼哈顿之行中,我第一次见到了"十三俱乐部"。我听说过,在芝加哥有几十个这样的低俗场所。现在曼哈顿也有了自己的"十三俱乐部"。

伊莉莎和我都没料到,几乎就在转眼之间,所有中间名带"13"的人自发结合在了一起,组成了天下第一大家族。

我问曼哈顿十三俱乐部门口的保安,我可不可以进去看一看,结果自然是搬起石头砸了自己的脚。那里面很暗。

"恕我冒昧,总统先生,"他对我说,"请问您是十三的一员吗?先生。"

"不,"我答道,"你知道我不是的。"

"那我不得不对您说,先生,"他说,"我必须对您说的话。"

"恕我直言,先生,"他说,"你干吗不滚去操甜甜圈?你干吗不飞去月——球操蛋?"

我乐不可支。

*

是的,也正是在那趟旅程中,我第一次听说了被绑架的耶稣教。当时它还只是芝加哥的一个小教团,却注定会成为全美国有史以来最盛行的宗教。

在我穿过酒店大堂往楼梯走的时候,一个干干净净、容光焕发的年轻人递给我一张传单,引起了我的注意。

他快速地扭着头,四处张望,举止看上去十分古怪,就好像是想要逮住某个从盆栽棕榈树或安乐椅后面,甚至是从头顶正上方的枝形水晶吊灯上窥视他的人。

他全神贯注地将热切的目光射向四面八方,一点儿也没在意自己刚刚将一张传单递给了美国总统。

"年轻人,请问你在找什么呢?"我问。

"找我们的救世主,先生。"他答道。

"你认为他在这个酒店里?"我问。

"看传单吧,先生。"他说。

*

我看了——在房间里独自一人,开着收音机。

这张传单最上面印着一张耶稣的简笔画像——他的贵体面对

前方站着，而他的尊容则朝向侧面，就像扑克牌里的独眼杰克。

他的嘴被堵着，手被铐着，一只脚踝上戴着脚镣，拴在固定在地板上的一个铁环上。他的下眼睑上挂着一颗完整的泪珠。

图片下方是一系列问答，如下：

问：你叫什么名字？

答：我是威廉·铀-8·温赖特大法师，在伊利诺伊州芝加哥埃利斯大道3972号创建了被绑架的耶稣教。

问：上帝何时才会将爱子再次赐予我们？

答：他已经给了。耶稣就在这儿，就在我们中间。

问：为什么我们还没有看到他，也没听到他的一点儿音信？

答：他被邪恶势力绑架了。

问：我们该怎么办？

答：我们必须放下手上的一切工作，将醒着的每时每刻都用来寻找他。如果不这么做，上帝就会做出他的选择。

问：上帝的选择是什么？

答：他可以轻而易举地毁灭人类，随时随地，只要他想。

嗨嚯。

*

那天晚上，我看到那个年轻人独自在餐厅吃饭。让我惊叹的是，他居然可以一边吃一边把头扭来扭去，还不漏一粒饭。他甚至在自己的盘子和水杯下面寻找耶稣——不止一次，而是一次又一次。

我不禁发笑。

闹 剧

39

不过在那个时候，一切都很好，美国人比以往任何时候都要幸福，即便整个国家已经破产并分崩离析。在绝大部分地区，数以百万的人死于"阿尔巴尼亚流感"，而在曼哈顿，"绿死病"夺去了无数人的性命。

这个国家就此终结。它成了一个个的家族，仅此而已。

嗨嚯。

*

噢，还有领地之争、自立为王之类的屁事，全国各地都在起兵，修建堡垒。但很少有人赞赏这些事。它们只不过是每个家族时不时就要经历的又一轮恶劣天气，又一次失控的重力。

在此期间，一天夜里，极强的重力毁坏了马丘比丘的地基。公寓楼啦，时装店啦，银行啦，金砖珠宝啦，前哥伦比亚时期的艺品啦,还有歌剧院啦,教堂啦,一切的一切都从安第斯山脉上滑了下去,掉进了海里。

我哭了。

*

每个地方的家族都在画被绑架的基督图。

*

人们继续往白宫送了一段时间的消息。我们自己也在目睹着一次又一次的死亡,同时等待着死亡降临到自己头上。

我们的个人卫生状况急剧恶化。我们不再定时洗澡刷牙了。男人们留起了胡子,任由头发长到披肩。

我们开始像行尸走肉一样蚕食白宫,将家具、栏杆、镶板、画框之类的东西丢到壁炉里,生火取暖。

我的私人秘书,霍滕斯·大梭鱼-13·马克邦迪,死于流感。我的贴身男仆,爱德华·草莓-4·克莱因丁斯特,死于流感。我的副总统,米尔德丽德·氦-20·泰奥多里德,死于流感。

我的科学顾问,阿尔伯特·蓝晶-1·皮亚蒂戈尔斯基博士,倒在了椭圆办公室的地板上,最后在我的臂弯里断了气。

他差不多和我一样高。我们俩倒在地上的场面肯定是一幅奇景。

"这一切意味着什么?"他反反复复地问。

"我不知道,阿尔伯特,"我说,"或许我该庆幸我不知道。"

"问问袖珍人!"说完,他便去了老话所说的奖赏之地。

*

电话时不时会响起。我鲜少会亲自去接。

"我是总统。"我会说。十有八九,我会在信号微弱、充满杂音的线路中和某个神秘的生物交谈起来——"密歇根国王",或"佛罗里达紧急州长",或"伯明翰代理市长",诸如此类的家伙。

然而随着时间一周周过去,外界的消息也变得越来越少。最后终于音信全无。

我被遗忘了。

我的总统任期就这样结束了——在第二任期过了三分之二的时候。

还有一种非常重要的东西也在以差不多同样的速度递减,那就是我无可替代的三苯并举止塔米尔的存货。

嗨嚁。

*

我一直不敢去数剩下的药丸,最后我终于忍无可忍地数了一下,它们已所剩无几。我已经太依赖它们,对它们感激不尽,以致我觉得在最后一粒药丸耗尽的时候,我的生命也就走到了尽头。

我的人手也在不断流失。很快,我便成了孤家寡人。其他的人要么死了,要么散了,我再也没有听到过他们的半点消息。

唯一一个留在我身边的人是我的兄弟,忠心耿耿的卡洛斯·水仙-11·比利亚维森西奥,即我成为水仙第一天拥抱过的那个洗碗工。

40

　　由于一切都在迅速消失，也由于再没有一个人行为正常，我养成了一种疯狂数东西的怪癖。我数过活动百叶窗的叶片数，数过厨房里的刀叉和勺子，还数过亚伯拉罕·林肯床上的被单有多少支线。

　　有一天，我数着扶栏上有多少根柱子，虽然当天的重力属于中等偏轻，我还是手脚着地，趴在楼梯上。就在那时，我觉察到下面有一个男人在看着我。

　　他身穿鹿皮装，脚蹬莫卡辛软皮鞋，头戴一顶浣熊皮帽，手上拿着一把来复枪。

　　"我的天哪，水仙总统，"我自言自语道，"这下你可是真疯掉了啦。丹尼尔·布恩[1]老儿正站在下面哪。"

　　接着，又一个男人出现在他身旁。他的穿着就像是很久以

---

[1] 丹尼尔·布恩（Daniel Boone, 1734—1820），美国著名探险家、西部拓荒先驱。

前——早在我当上总统之前,那时候还存在所谓美国空军——的空军飞行员。

"让我猜猜,"我大声说道,"今天要么是万圣节,要么是七月四号[1]。"

*

那个飞行员好像被眼前白宫的状况吓了一跳。"这儿发生了什么?"他问道。

"我只能告诉你,"我说,"历史已经铸成。"

"太糟糕了。"他说。

"如果你觉得这算糟糕,"我对他说道,接着用指尖敲了敲自己的前额,"那你该看看这儿是什么样子。"

*

他们俩没有一个人想得到我是总统。当时我整个人已是一摊烂泥。

他们甚至都不想和我说话,事实上,他们都不想跟彼此说话。我后来才知道,他们互不相识,只是碰巧在同一时间到达而已——各自怀着一项紧急任务。

---

[1] 美国独立日,即美国国庆日。

闹剧

他们跑到了其他房间,发现我的桑丘·潘沙[1],卡洛斯·水仙-11·比利亚维森西奥,正在用海军硬饼干、熏蚝罐头和他找到的另一些食材做午饭。卡洛斯将他们带回到我跟前,费了一番口舌让他们相信,我的的确确就是他口中"全世界最强大的国家"——他真心这么想——的总统。

卡洛斯真是个傻瓜。

*

拓荒者带给我一封信——来自伊利诺伊州厄巴纳那个在几年前被袖珍人拜访过的寡妇。由于我俗务缠身,所以一直没时间去追究袖珍人去那儿的企图是什么。

信以"亲爱的斯温医生"开头,并继续写道——

我是一个无名之辈,一个钢琴教师。我之所以引起世人注意,只是因为嫁给了一位伟大的物理学家,给他生了一个漂亮的儿子,并且在他去世之后,有一群非常袖珍的小人国代表团来拜访过我。其中一个人说他的父亲认识您,他父亲的名字叫作"无名氏"。

正是那群袖珍人告诉我,我丈夫费利克斯·砚土-13·冯·彼得斯瓦尔德博士在临死前有了一个惊

---

[1] 西班牙作家塞万提斯的长篇小说《堂吉诃德》中堂吉诃德的侍从。

187

人的发现。从那以后，我和我儿子——碰巧也都是你们水仙-11的一员——一直对这个发现守口如瓶，因为毫不夸张地说，它所揭露的宇宙中人类的境况极其让人绝望。它是关于我们所有人在死后所进入的世界的实质。等待着我们的，斯温医生，是一个乏味至极的世界。

我无法把它称为"天堂"或"我们应得的奖赏"，或诸如此类的美好词汇。我只能用我丈夫给它起的名字来称呼它，等您亲自去查看过之后，您也会这么叫它的，那就是"火鸡农场"。

长话短说，斯温医生，我丈夫发现了一种能和火鸡农场里的死人通话的方法。他从未把这项技术传给我或我的儿子，或是其他任何人。但是，袖珍人似乎无处不在，他们不知怎么发现了这个秘密，于是过来翻看了他的日记，并查看了他遗留下来的仪器。

他们搞明白原理之后，很和善地向我和我儿子解释了如何玩这种可怕的把戏——如果我们想的话。他们自己则对这个发现大失所望，说这虽然是他们以前不知道的新知识，但它"只对西方文明残迹的参与者有吸引力"，不知他们那么说是什么意思。

我将此信托付给一位朋友递送。他是铍氏家族的人，准备加入他的人造亲戚在马里兰州的一个大聚居地，正好离您那儿很近。

闹 剧

　　我之所以称呼您"斯温医生",而不是"总统先生",因为此信和国家利益毫无关系。这是一封极为私人的信件,让您知道我们已经用我丈夫的仪器和您的亡姐伊莉莎通过很多次话了。她说让您过来,以便她能够直接和您交谈,此事极为重要。

　　我们热切期盼您的到访。如果我儿子——亦即您的兄弟——大卫·水仙-11·冯·彼得斯瓦尔德的行为冒犯到您,请不要介意。哪怕是在最不恰当的场合,他也会无法自控地口吐秽言或比画侮辱人的手势。他患有图雷特氏病。

您忠实的仆人
威尔玛·富贵草-17·冯·彼得斯瓦尔德

嗨嚯。

41

虽然服用了三苯并举止塔米尔,但我还是深受感动。

我凝视着外面拓荒者的那匹汗流不止的马,它正在白宫草坪的深丛中吃着草。然后我转向信使本人。"你是怎么得到这封信的?"我问。

他告诉我,他在田纳西和西弗吉尼亚州的交界处射杀了一个男人,那人显然是威尔玛·富贵草-17·冯·彼得斯瓦尔德的朋友,钹。拓荒者把他错认成了一个宿敌,误杀了他。

"我还以为他就是牛顿·麦考伊[1]。"他说。

他尽力救护那位无辜的受害者,帮他康复,但后者还是死于坏疽。不过在断气之前,钹让他像一个基督徒那样做出承诺,保证将一封钹自己曾发誓要交给美国总统的信送达目的地。

---

[1] 麦考伊(McCoy)在英文中也有本人、货真价实的意思。

*

我问他叫什么名字。

"拜伦·哈特菲尔德。"他说。

"政府分配给你的中间名是什么？"我说。

"我们从没关心过那个。"他答道。

事实上，他的家族属于国内少数几个由真正的血亲组成的大家族之一。他们家族和另一个这样的家族自1882年起就一直处于无休止的战争中。

"我们向来不重要，配不上他们新潮的中间名。"他说。

*

我和拓荒者坐在细长的金色宴会椅上，据说这些椅子是很久以前杰奎琳·肯尼迪为白宫购置的。飞行员也一样支着身子，竖起耳朵等待着自己开口说话的机会。我瞟了一眼他胸前口袋上的名牌，上面写着：

伯纳德·奥黑尔上尉

*

"上尉，"我说，"您好像也对新潮的中间名不感兴趣呢。"

我还注意到，他的年龄配上这个军衔也未免太老了——如果上尉这种玩意儿还存在的话。事实上他快六十岁了。

我断定他是个疯子，不知从哪儿得到了身上那套装束。恐怕他是为自己的新形象欣喜若狂，简直不知如何是好，只能去他的总统面前展示一番。

然而事实却是，他的神志再清楚不过了。在过去的十一年里，他一直驻守在岩溪公园一个秘密的地下发射井井底。我以前从未听说过那个发射井。

不过那里面藏着一架总统直升机，以及绝对是无价之宝的数千加仑[1]汽油。

*

他最终违反了命令，擅自出了井，他说他是为了搞清楚"地球上究竟发生了什么事"。

我不禁发笑。

*

"那架直升机还能飞吗？"我问他。

"是的，阁下，可以。"他说。他在过去两年一直凭一己之力

---

[1] 英美制容量单位，在美国，1加仑约合3.785升。——编者注

闹 剧

维护它,他的技师们一个接一个地离他而去。

"年轻人,"我说,"我要为此给你颁发一枚奖章。"然后我从自己破破烂烂的翻领上取下一枚徽章,别在了他的翻领上。

上面写的当然是:

LONESOME NO MORE!

(不再孤独!)

42

拓荒者不接受区区一件饰物。相反,他要的是食物——以维持他完成漫长的旅程,回到故乡的山里。

我们将我们仅有的东西——硬饼干和熏蚝罐头——塞满了他的背包,直到塞不下为止。

*

是的,第二天天一亮,我、伯纳德·奥黑尔上尉和卡洛斯·水仙-11·比利亚维森西奥就从发射井起飞了。那一天的重力是如此轻盈,我们的直升机就像随风播撒的乳草种子一样,没消耗什么能源就飞上了天。

飘过白宫上空的时候,我向它挥了挥手。

"再见。"我说。

*

我的计划是先飞到印第安纳波利斯,那儿的水仙人口密集。他们从四面八方蜂拥到了那里。

我们将把卡洛斯留在那儿,让他在人造亲戚的照料下度过迟暮之年。我很高兴能够摆脱他。他无聊得让我想哭。

*

接下来,照我对奥黑尔上尉所说的,我们将去厄巴纳,然后回到佛蒙特我儿时的家乡。

"在那之后,"我向他承诺,"直升机就是你的了,上尉。你可以像鸟儿一样,自由地飞去你想去的任何地方。但要是你不给自己取个好的中间名字的话,你的日子会很难过的。"

"您是总统,"他说,"您给我取个名字吧。"

"吾赐汝'鹰-1'。"我说。

他乐坏了。那枚奖章他也很喜欢。

*

是的,我还剩下一点儿三苯并举止塔米尔,而且在华盛顿关了这么久禁闭,只要能让我离开,不管去哪儿我都很开心,以至我听到自己这么多年来第一次开口唱起了歌。

我也记得自己唱的歌。那是我和伊莉莎在被当成傻瓜的岁月里曾偷偷唱过很多次的歌。在伊莱休·罗斯福·斯温教授的陵墓里,没有人能听到我们的声音之时,我们就会唱起它。

眼下,我想在自己的生日派对上把它教给梅洛迪和伊萨多。当他们在死亡之岛上展开新的冒险时,唱这首歌真是再好不过了。

它是这样唱的:

噢,我们出发去见巫师,
神奇的奥兹国巫师。

如果这世上真有异士中的异士,
那就是奥兹国的巫师。

*

诸如此类。

*

嗨嚯。

43

梅洛迪和伊萨多今天去了华尔街,看望伊萨多的一大家子人,覆盆子家族。他们曾邀请我成为覆盆子的一员,薇拉·花栗鼠-5·扎帕也收到过邀请。我们都拒绝了。

是的,我独自一人散步,先走到百老汇和42街的宝宝金字塔,然后走过43街,到了水仙俱乐部旧址——在成为水仙俱乐部之前,那里是世纪协会所在地;接着一路向东,穿过48街,来到市政厅——薇拉农场里的奴隶们的住所,更早之前则是我父母的家。

在市政厅的台阶上,我遇到了薇拉本人。她的奴隶全都分散在曾是联合国公园的地方,栽种西瓜、玉米和向日葵。我听到他们在唱《老人河》。他们每时每刻都很快乐,并为自己身为奴隶而深感庆幸。

他们全都是花栗鼠-5,但里面有三分之二的人曾经属于覆盆子家族。凡是想要成为薇拉的奴隶的人,都必须把自己的中间名改为花栗鼠-5。

嗨喽。

*

薇拉常常和她的奴隶们并肩劳动。她热爱辛勤劳作。不过现在，她正在无所事事地把玩一个漂亮的蔡司显微镜，还恰巧被我逮了个正着。那是一天前她的一个奴隶从一所医院的废墟中挖出来的。出土的时候，它还装在原厂的包装盒里，因此才得以完好无损地保存至今。

薇拉没有觉察到我的到来。她正窥向这个仪器的内部，像孩子一样一本正经又笨手笨脚地转动它的圆柄。显然她从未用过显微镜。

我蹑手蹑脚地靠近她，然后开了口："啵！"

她的脑袋猛地从目镜上移开。

"你好啊。"我说。

"你吓死我了。"她说。

"抱歉。"我笑道。

这种古老的把戏总是没完没了地上演。这样真好。

*

"我什么都看不到。"她对着显微镜抱怨道。

"只不过是些扭来扭去、想把我们杀了吃掉的小生物而已，"

我说,"你真想看那些东西?"

"我在看这个猫眼石。"她说。她在显微镜的载片台上挂了一条镶着猫眼石和钻石的手链。她收集的宝石在过去价值几百万美元。人们将找到的珠宝全都给了她,将烛台全都给了我。

*

珠宝毫无用处。烛台也一样,因为曼哈顿再也没有蜡烛这种东西了。每到夜里,人们将点燃的破布塞进盛着动物油脂的碗里,在屋子里照明。

"猫眼石大概染上了绿死病,"我说,"大概所有的东西都染上了绿死病。"

顺便一提,我们之所以没有被绿死病夺去性命,是因为服用了伊萨多的覆盆子族人无意中发现的一种解毒剂。

如果有人惹是生非,或者哪怕是有一个军团的人来惹事,我们只要不给他们提供解毒剂,用不了多久,这些人就将被流放到阴曹地府,到火鸡农场度日。

*

值得一提的是,覆盆子家族里并没出过什么大科学家,他们能发现解毒剂纯属走狗屎运。他们吃鱼从来不洗,而那解毒剂大概是过去残留下来的污染物,正好留在他们吃下去的鱼的内脏里。

"薇拉，"我说，"你要是弄好了那台显微镜，就会看到让你心碎的东西。"

"有什么能让我心碎呢？"她说。

"你会看到引发绿死病的微生物。"我说。

"为什么我会为它流泪呢？"她问道。

"因为你是一个好心肠的女人，"我说，"你难道就没意识到，我们每服一次解毒剂，就会杀死数万亿那玩意儿吗？"

我笑了起来。

她没有笑。

"我不笑，"她说，"都是因为你突然跑过来，毁掉了给你的生日惊喜。"

"怎么会？"我说。

她提到她一个奴隶的名字："唐娜准备把这个作为生日礼物送给你。这下你不会有惊喜了。"

"呃……"我说。

"她以为这是一种极其高档的烛台。"

*

她向我透露，梅洛迪和伊萨多在这周早些时候打过电话给她，又一次向她倾诉他们多希望有朝一日能做她的奴隶。

"我努力说服他俩,并不是所有人都适合为奴。"她说。

*

"回答我一个问题,"她接着说,"我死了之后,我的奴隶会怎样?"

"勿为明日之事忧虑,"我告诉她,"明日自会照料它自己。操心今日之不幸足矣。"

"阿门。"我说。

44

我和老薇拉在市政厅的台阶上追忆起了当年发生在印第安纳州北部的马克辛库奇湖战役。我在乘直升机去厄巴纳的路上目睹了那场战事。薇拉和她的酒鬼丈夫，李·蛏子-13·扎帕，曾身陷那个水深火热的硝烟战场。他们在密歇根国王军的一个战地厨房当炊事员，就在下方的土地上。

"我看你们下面所有人都像看蚂蚁一样，"我说，"或是显微镜下面的细菌。"我们不敢靠近下方，生怕中了流弹。

"我们也有同感。"她说。

"要是那个时候我就认识你的话，我会设法救你出来的。"我说。

"那肯定就像是企图从一百万只细菌中救出一只细菌，威尔伯。"她说。

*

薇拉不仅要忍受炊事帐篷四周呼啸而过的炮弹,还不得不提防她的酒鬼丈夫。他在枪林弹雨之中把她打个半死。

他打肿了她的双眼,打断了她的下巴。他把她扔出帐篷,甩到帘子外面。她仰面朝天摔在烂泥中。然后他走了出来,告诉她今后该如何避免挨这样的打。

他一出来就被敌军一名骑兵的长矛给刺穿了。

"你觉得,这个故事的寓意是什么呢?"我问她。

她伸出一只布满老茧的手搁在我的膝盖上。"威尔伯——永远都不要结婚。"她答道。

*

我们聊了一会儿印第安纳波利斯。我在同一趟旅程中到过那儿,薇拉和她丈夫在加入密歇根国王军之前,曾在当地十三俱乐部做过女侍者和酒保。

我问她那个俱乐部里面是什么样的。

"噢,你知道——"她说,"他们有黑色的毛绒猫和南瓜灯,桌上有匕首钉着黑桃A之类。我老是穿长网袜、细高跟鞋,还戴面具什么的。所有的女服务生、酒保和保镖都套着吸血鬼的尖牙。"

"呃。"我说。

"我们总是把我们的汉堡称为'蝙蝠堡'。"她说。

"嗯哼。"我说。

"我们还管加了杜松子酒的番茄汁叫'德古拉之悦'。"她说。

"好吧。"我说。

"它和别处任何一家十三俱乐部都差不多,"她说,"但它就是火不起来。印第安纳波利斯虽然有很多十三,却并不是个十三大城。它是水仙之城。如果你不是水仙,你就什么都不是。"

45

我告诉你们——我享受过身为百万富翁、儿科医生、议员以及总统级的接待,但没有一个能比得上我作为一名水仙,在印第安纳州的印第安纳波利斯所受到的欢迎那般真挚!

那里的人民生活贫困,死亡人数触目惊心,所有的公共服务都已停摆,并且他们还要为不远处疯狂肆虐的战火担惊受怕。但他们却为我——当然,也为了卡洛斯·水仙-11·比利亚维森西奥——奉上了让古罗马都黯然失色的盛大游行和宴会。

*

伯纳德·鹰-1·奥黑尔上尉对我说:"我的老天,总统先生,早知道是这样,我当初真应当请求您让我成为一名水仙。"

于是我说:"我特此赐汝水仙之名。"

*

然而我在那儿看到的最令人满意、最富有教育意义的事却是一次水仙家族的每周例会。

是的,在那次会议上我还投了票,我的飞行员也投了,卡洛斯也投了,男男女女和九岁以上的儿童全都投了票。

虽然我入城还不到一天,但若是运气好点的话,我甚至能当上会议主席。主席是通过抽签从所有参会人中间选出来的。当晚中签的是一名十一岁的黑人小姑娘,名叫多萝西·水仙-7·加兰。

她做好了主持会议的充分准备,我猜,在场的每一个人莫不如是。

*

她踏步走上差不多和她一样高的讲台。

我这个小表妹站在一把椅子上,没有表露出半点抱歉或自嘲之意。她敲了敲黄色的小木槌,示意会场保持安静,然后对下面闭上了嘴、恭恭敬敬的亲人们说道:"如你们大部分人所知,今天美国总统驾临现场。如果大家允许,我想请他在我们的常规议事结束时为我们做简短致辞。"

"有没有人以动议形式提出此案?"她问。

"我提议,请威尔伯表兄在常规议事结束时做会议发言。"坐在我旁边的一位老人说道。

该提案获得赞同并进入口头表决。

动议获得通过，不过其间也夹杂着零零星星的"反对"和"不"的声音，听上去似是发自真心，绝非戏言。

嗨嚯。

*

当时，密歇根国王正与五大湖海盗以及俄克拉何马公爵同时开战，而那次会议最紧迫的议题就是选出四位替补者，去接替国王军中倒下的水仙族人。

我记得，有个身材魁梧的年轻人——实际上是个铁匠——在会上说："派我去，让我干掉几个'抢先者'[1]，除此之外我别无他求，谁叫他们不是水仙呢。"诸如此类。

出乎我意料的是，这个武斗狂受到了几个发言者的斥责。他们告诫他道，战争不应当是有趣的，事实上也并不有趣——眼下正在讨论的是悲剧，他们要他最好面露悲伤，否则就将他逐出会场。

"抢先者"即俄克拉何马州的人，引申开来，就是指所有为俄克拉何马公爵效力的人，包括从密苏里来的"索证者"[2]、堪萨斯州的"杰霍克"[3]，以及艾奥瓦州的"鹰眼"[4]，等等。

---

[1] 美国俄克拉何马州人的别称，意指在指定开拓时间前移居占地的人。
[2] 密苏里州别称"索证州"，指当地崇尚眼见为实的传统。
[3] "杰霍克"是美国内战开始之前流窜于堪萨斯州和密苏里州的劫匪，因此堪萨斯州又称"杰霍克州"。
[4] 艾奥瓦州的别名是"鹰眼州"，别名的来源目前还具有争议。

他们告诉铁匠,"抢先者"也是人类,不比"胡希尔",即印第安纳人高贵或低贱。

那个动议让我等会儿发言的老人站了起来,开口说道:"年轻人,要是你为了取乐而杀人,那你就连阿尔巴尼亚流感和绿死病都不如。"

*

我为之动容。我认识到,国家永远都不能承认自己的战争是悲剧,而家庭不仅可以,还必须视其为悲剧。

他们是好样的!

*

然而,那个铁匠没能获准上战场,主要还是因为他分别和不同的女人生了三个私生子。"还有两个在烤箱里。"如某人所说。

不能容许他逃脱对那些婴孩的监护责任。

46

在那次会议上,即便是孩子、酒鬼和疯子看上去都对议会程序烂熟于心。讲台后面的小女孩将一切运转得干净利落、直奔主题,简直让人怀疑那是不是某位女神怀抱着一捧闪电显灵了。

这些程序让我肃然起敬,在此之前,它们在我眼里一直是看似严肃却无聊透顶的蠢事。

*

时至今日,我依然心怀敬意,于是我查了查我放在帝国大厦里的百科全书,找出了它们的开创者。

他的名字叫作亨利·马丁·罗伯特,毕业于西点军校。他做过工程师,没用多久就当上了上将。然而,在内战前夕,他作为中尉驻扎在马萨诸塞州新贝德福德的时候,被迫组织一次教堂会议,结果会议脱离了他的掌控。

什么规则都没有。

于是这位军人坐了下来，写下了一些规则，它们正是我在印第安纳波利斯看到人们所遵循的那些规则。它们以《罗伯特议事规则》之名出版——现在看来，它算是我心目中美国人的四项最伟大的发明之一。

至于其他三项，依我之见，分别是《人权法案》、匿名戒酒互助社守则，以及伊莉莎和我构想出来的人造大家族。

*

顺便一提，印第安纳波利斯的水仙家族最终票选出来派到密歇根国王那儿的，全都是最没有牵挂的人，在投票者的眼中，他们过着最无忧无虑的生活。

嗨嚯。

*

下一项议题是关于从州北部各个战场零零星星涌入城里的水仙难民，围绕给他们提供食物和安排住所进行。

会议再一次挫败了一位热心人士。那是一位年轻的女士，长得相当漂亮，却没什么规矩，而且显然被利他主义烧坏了脑子——她说她家里至少可以容纳二十个难民。

有一个人站了起来，说她是个毫不称职的家庭主妇，就连她自己的孩子都跑去和其他亲人一起住了。

另一个人向她指出，她神志太不清了，要不是邻居，她的狗早饿死了，而且她还有三次不小心点着了自己的房子。

*

这话听起来就好像会上的人有些不近人情，但他们全都称呼她"格蕾丝表妹"或"格蕾丝姐姐"——用哪个称谓依各人情况而定。当然了，她也是我的表妹，她也是水仙-13。

更重要的是，她只给自己添麻烦，不牵连他人，所以没有人对她特别恼火。我听说，她的几个孩子都是刚学会走路就离家出走，去了操持得更好的家庭。我认为伊莉莎和我的这项创举的最迷人之处无疑就在于此：孩子们有许多家庭和许多父母可供选择。

听见这些关于她的坏话，格蕾丝表妹本人好像吃了一惊，但毫无疑问，它们全都是事实。她并没有哭着跑掉，而是遵守着《罗伯特议事规则》，老老实实地待到了会议结束，神情看上去既敏感又警惕。

在"新议案"环节，格蕾丝表妹提出了一个动议：所有为五大湖海盗效力和加入俄克拉何马州公爵军的水仙都应当被逐出家族。

没有一个人表示赞同。

那个主持会议的小女孩对她说道："格蕾丝表姐，你和在场所有人都知道的，'一朝成水仙，永世为水仙'。"

47

最后终于轮到我发言了。

"各位兄弟姐妹,堂兄弟表姐妹们——"我说,"你们的国家已开始日渐消亡。而且如你们所见,你们的总统也已成为他前任影子的影子。站在这里的不是别人,只是你们老态龙钟的威尔伯表兄。"

"比利老兄,你这个总统太他妈棒了。"房间后排有人喊道。

我接着说道:"我本想为我的国家带来和平和手足之情,但我得很抱歉地讲,和平不存在了。我们找到了它,又失去了它。再次找到它,再次失去它。谢天谢地,那些机器终于决定不再战斗。此时唯有人民。

"谢天谢地,现在不再有所谓陌生人之间的战争了。我不在乎是谁和谁在打仗——每个人都会有亲人在对方阵营。"

闹　剧

*

绝大部分参会者不仅属于水仙家族，还都在寻找被绑架的耶稣。我发现，对着这群听众演讲很闹心。无论我说什么，他们都只是将脑袋急速地转来转去，企图抓住基督的身影。

不过我的话似乎清楚地传达给了他们，因为他们总是适时地给予掌声或是喝彩——所以我继续说了下去。

*

我说："因为我们不再是一个国家，我们只是家人，这样一来，在战争中我们就更易施与并得到慈悲。

"来这里之前，我刚在北部偏远的马克辛库奇湖地区目睹了一场战争。我看到战马和长矛，步枪和刀剑，手枪以及一两尊大炮。我看到有人被杀，也看到许多人互相拥抱，似乎还有许许多多的人逃跑或投降。

"我能从马克辛库奇湖之战中为你们带来的消息不过是——那不是屠杀。"

48

在印第安纳波利斯的时候,我收到了密歇根国王通过无线电发来的一个邀请。那语气就像是拿破仑。它说国王很乐意"在他的马克辛库奇湖夏宫中为美国总统召集一群听众",说他的卫兵已接到命令,放我安全通行。它还说战争结束了。"胜利属于我们。"它说道。

于是我和我的飞行员飞到了那儿。

我们将我忠实的仆人卡洛斯·水仙-11·比利亚维森西奥留了下来,让他在无数亲人中间度过晚年。

"祝你好运,卡洛斯老弟。"我说。

"终于到家了,总统老爷,我的老哥,"他答道,"多谢您,多谢老天爷。不再孤独!"

闹　剧

*

在旧时代，我和密歇根国王的会面会被称为"历史性的时刻"。我们会被摄像机、麦克风和记者包围。而事实上，那儿出现的是记录员——国王称之为他的"文士"。

他给那些拿纸笔的人起这个古老的头衔是有道理的。他的士兵基本上都不识字，更不会写字。

*

奥黑尔上尉和我降落在国王夏宫前一片修剪整齐的草坪上。那座宫殿以前是一所私立军事学院。到处都是跪在地上的士兵，旁边有宪兵看守。据我猜测，他们应该是在最近的战争中表现差劲的人。作为惩罚，他们正在用刺刀、小折刀和剪刀割草。

*

我和奥黑尔上尉从两行士兵中间穿过，进入了宫殿。我想，他们大概是某种仪仗队吧。每个人都高举着一面旗帜，上面绣着各自所属的人造大家族的图腾——比如苹果、短吻鳄、锂的化学符号等等。

这是一幅多么滑稽又老掉牙的历史场景啊，我心想。除了战争之外，国家历史似乎只剩下像我这样无权无势的老废物，拖着被药物严重侵蚀的身体,以及依稀在很久以前被人爱过的模糊记忆,去亲吻年轻精神病患者的靴子。

我在心底不禁发笑。

*

我被单独领进了国王简朴的私人寝宫。房间很大,一定是以前军事学院举办舞会的场所。现在里面只有一张折叠床、一张铺着地图的长桌,以及靠在墙边的一堆折叠椅。

国王本人坐在地图桌边,装模作样地读着一本书,原来是修昔底德的《伯罗奔尼撒战争史》。

在他身后站着三个男文士,手里拿着铅笔和本子。

不管是我,还是其他任何人,都没有地方可以坐。

我攥着我发霉的小礼帽,站在他的面前。门口的守卫一定大声通报过我的到来,但他并没有马上从书里抬起头来。

"陛下,"守卫说道,"美国总统,威尔伯·水仙-11·斯温医生觐见!"

*

他终于抬起眼睛,我一看,不禁觉得好笑,因为我发现他和他祖父,就是很久以前看护过我和我姐姐的斯图尔特·罗林斯·莫特医生,长得简直一模一样。

闹 剧

*

我一点儿也不怕他。当然了,是三苯并举止塔米尔让我焕然一新,把我变得漠然,但那个时候的我同样也已受够了生存这出闹剧。倘若国王选择将我推到行刑队面前,我会视之为一场峰回路转的冒险。

"我们以为你已经死了。"他说。

"没有,陛下。"我答道。

"我们有好长时间都没听到过你的任何消息了。"他说。

"华盛顿嘛,时不时就会无事可说。"我说。

*

文士们记下了所有这些对话,所有这些正在被创造的历史。

他举起了手中的书,让我看它的书脊。"修昔底德。"他说。

"嗯。"我说。

"历史不过是我读到的东西。"他说。

"对您这种身份的人来说,这么想是明智的,陛下。"我答道。

"无法从历史中学到教训的人注定会重复历史。"他说。

文士们唰唰唰地记下来。

"是的,"我说,"如果我们的子孙后代不好好研究一下我们这个时代,他们免不了再次将这个星球的矿石燃料消耗殆尽,又会有成百上千万人死于流感和绿死病,天空又会被腋下除臭剂的喷雾染成黄色,人们又会选出一个年老体衰、身高两米的总统,他们在精神和智力上也会又一次臣服于他人。"

他没有附和我的笑声。

我越过他的头顶,直接对他的文士们发话了。"历史无非是一份惊奇清单,"我说,"它只准备再次让我们大吃一惊。请记下这句话。"

49

原来,那位年轻的国王有一份历史文件希望我签署。它相当简洁,目的是要我承认,我作为美利坚合众国的总统,不再对拿破仑·波拿巴在1803年通过《路易斯安那购地案》的交易卖给我国的那部分北美大陆土地享有任何控制权。

因此,据该文件所称,我以一美元的价格将它卖给密歇根国王,斯图尔特·黄鹂-2·莫特。

我以小得不能再小的字签上了自己的名字,它看上去就像一只小蚂蚁。"愿您的贵体安康地享受它!"我说。

我卖给他的土地大部分都被俄克拉何马公爵占领了,当然,还有其他我不知道的大小君主。

接着,我们聊了一下他的祖父。

然后我和奥黑尔上尉出发飞往伊利诺伊州的厄巴纳,准备和我过世已久的姐姐在电波中团聚。

嗨嚯。

*

是的,我现在正忍着头痛,用一只麻痹的手写下这些话,因为昨晚我在自己的生日派对上喝高了。

满身钻石的薇拉·花栗鼠-5·扎帕降临现场,她乘着一顶轿子,在十四个奴隶的跟随下一路穿过臭椿丛林而来。她给我带来了葡萄酒和啤酒,把我给灌醉了。不过她的礼物中最令人心醉神迷的还要数一千根蜡烛——全是她和奴隶们用一个殖民时期的蜡烛模具制作而成的。我们将蜡烛插进我那上千个烛台的空口里,在大厅的地板上摆开。

然后我们点燃了所有蜡烛。

我站在这一片星星点点的摇曳微光中间,感觉自己就像上帝,置身于没过膝盖的银河里。

闹 剧

尾声

斯温医生生前只写到这里。他已去了他的奖赏之地。

反正不会有人读他写出来的故事,所以也就无从抱怨那些没有收尾的线索。

至少,当他以一美元将《路易斯安那购地案》——他至死也没有收到——转卖给一个强盗头子的时候,他的故事就已到达了高潮。

是的,他死得自豪,为他和他姐姐对社会改革做出的贡献而自豪。因为他留下了一首诗,或许是希望有人能将它刻在他的墓碑上:

那时我们是如何面对困境,
身陷人类以及上帝野蛮的闹剧,
自由自在,无所畏惧,
感谢你,
在这场由我们的梦境重造的游戏。

他到死都没谈过厄巴纳那台电子仪器的情况,据说它能将他和他亡姐的大脑连接起来,重新组合出他们童年时曾经创造出的那个天才。

那台被为数不多的知情者称作"恶棍"的仪器包含一截看似稀松平常的褐色陶土管——它长两米,直径二十厘米,被安放在一个铁柜上。铁柜上带有控制装置,控制着一个巨大的粒子加速器,即盘绕着城郊玉米地的一条管状磁性跑道,亚原子微粒就在其中加速。

是的。

从某种意义上来说,"恶棍"本身就是一个幽灵,因为它的粒子加速器早就死去了,死于停电,亦死于缺乏将它具备的一切功能付诸实践的野心家。

一个名叫弗朗西斯·烙铁-7·"恶棍"的门卫将那条管子装到死去的铁柜上,并将他的饭盒靠在旁边。过了一会儿,他听到管子里传来了声音。

*

他将这个仪器交给了原先的主人,费利克斯·矾土-13·冯·彼得斯瓦尔德博士。然而管子再也没有发出任何声音。

不过费利克斯·矾土-13·冯·彼得斯瓦尔德博士以行动证明

了自己是一个伟大的科学家——他不仅愿意相信目不识丁的"恶棍"先生的话,还让这个门卫把他的故事重复了一遍又一遍。

"饭盒,"最后他开了口,"你的饭盒在哪儿?"

它就在"恶棍"手上。

冯·彼得斯瓦尔德博士叫他把它放在管子上,要分毫不差地放在他之前放的位置。

管子果然又发声了。

*

讲话者表明了自己的身份,原来他们都是已入土之人。还有一阵无精打采的人声在后面七嘴八舌地附和,互相吐着苦水,抱怨着无聊啦,社会怠慢啦,小病小痛啦,诸如此类的事。

如冯·彼得斯瓦尔德博士在他的秘密日记中所写:"听起来简直就像是在某个阴雨绵绵的秋日,给某个经营不善的火鸡农场打了一通电话。"

嗨嚯。

*

斯温医生通过"恶棍"和他姐姐伊莉莎通话的时候,在场的还有冯·彼得斯瓦尔德博士的遗孀威尔玛·富贵草-17·冯·彼得斯瓦尔德,以及她十五岁的儿子大卫·水仙-11·冯·彼得斯瓦尔德,后者也是斯温医生的兄弟,图雷特氏病患者。

*

就在斯温医生跨越了生死之隔,开始和伊莉莎对话的时候,可怜的大卫就犯病了。

他竭力想把一连串不由自主的污言秽语咽回去,结果反而将自己的声音抬高了一个八度。"屎……痰……阴囊……阴沟……屁眼……阴茎……黏膜……耳屎……尿。"他脱口而出。

*

连斯温医生自己都失去了控制。他情不自禁地爬到了那个和他一样高一样老的柜子顶上,向管中俯下身去,拼命向他姐姐靠近。他的头朝下倒挂在管子收发信息的那一端,至关重要的饭盒被他打翻到地上,中断了通信。

"喂?喂?"他说。

"会阴……操……粪……龟头……阴阜……胞衣。"男孩念叨着。

*

冯·彼得斯瓦尔德的寡妇是厄巴纳这边唯一一个保持镇定的

闹 剧

人，于是她捡起饭盒，放回到正确的位置。她不得不用力将它塞进管子和总统的膝盖之间。然后，她发现自己被卡在一个奇怪的位置动弹不得：上身前屈九十度横在柜子上面，一只手臂伸得直直的，双脚离地几英寸[1]。总统不仅紧紧压着那个饭盒，还连她的手也一起压住了。

"喂？喂？"总统头朝下说道。

*

另一端传回来一阵阵嘎吱嘎吱、咕噜咕噜、咯喳咯喳的声音，乱七八糟，含混不清。

有人打了个喷嚏。

"鸡奸者……排便……精液……卵蛋。"男孩说。

*

伊莉莎还没来得及开口说话，背后的死人们便纷纷觉察到可怜的大卫是他们的同类，和他们一样为宇宙中的人类境况而义愤填膺。于是他们开始为他加油助威，甚至添上了自己的脏话。

"你跟他们讲，孩子。"他们说道，诸如此类。

他们把什么都翻了一倍。"双鸡巴！双阴蒂！"他们会说，

---

[1] 英美制长度单位，1英寸合2.54厘米。——编者注

225

"双屎！"如此这般。

那就是个疯人院。

*

不过斯温医生终究还是和他姐姐重逢了，看他那手舞足蹈的亲昵劲儿，如果可以的话，他恨不得爬到管子里面去。

是的，而伊莉莎所希望的是他能赶快死掉，越快越好，这样他们俩就又可以将脑袋凑在一块儿了。然后她要想法子改善那让人失望透顶的所谓"天堂"。

*

"那儿有人拷打你吗？"他问她。

"没有，"她答道，"我们都快无聊死了。真不晓得是谁设计了这地方，那家伙简直对人类一无所知。"她说："求你了，威尔伯弟弟，这里是永恒之地。永无尽头！你现在所在的地方在时间上什么都不是！那就是个笑话！赶紧打爆你自己的头！"

诸如此类。

*

斯温医生对她谈起生物患上不治之症的问题。他们俩就像一个人那样思考起来,像孩子一样玩起了解谜游戏。

他们是这样解释的:流感细菌就是火星人,他们的入侵似乎被幸存者身体系统中的抗体击退。因此,流感消退了,至少暂时消退了。

绿死病则是由通过显微镜才能看到的袖珍人引起的,他们热爱和平,无意伤害任何人。尽管如此,一旦被正常体形的人类吸入或咽下,他们绝对致命。

诸如此类。

*

斯温医生问他姐姐他们那边是用什么样的仪器通信——伊莉莎是不是也和他一样屈身伏在一根管子上,还是别的。

伊莉莎告诉他,她没用什么仪器,只是凭一种感觉。

"什么感觉?"他问道。

"你只有死了,才能明白我的描述。"她说。

"总之试试吧,伊莉莎。"他说。

"就像是死了的感觉。"她说。

"一种死亡的感觉。"他不确定地说道,试图理解其中的含义。

"是的——湿冷黏滑——"她说。

"呃。"他说。

"但也像是被一大群看不见的蜜蜂包围,"她补充道,"你的声音就从蜂群中发出来。"

嗨噢。

*

当斯温医生从这桩磨难中解脱的时候,他身上只剩下十一片三苯并举止塔米尔了。当然,这药最初被创造出来的目的绝不是用作总统的麻醉药,而是图雷特氏病症状的抑制剂。

至于剩下的药片,当他把它们排列在自己巨大的手掌上时,它们看上去无疑就像他的生命沙漏中剩下的沙粒。

*

斯温医生站在"恶棍"所在的实验楼外,沐浴在阳光中。寡妇母子和他在一块儿。那个饭盒在寡妇手上,所以只有她才能启动"恶棍"。

重力很轻。斯温医生勃起了,那个小男孩也是,还有不远处站在直升机旁的伯纳德·水仙-11·奥黑尔上尉也是。

假设寡妇体内也有勃起组织,它们肯定也鼓起来了。

"总统先生,您知道您在那个柜子顶上的时候像什么吗?"男孩问道。一眼就能看出,他为自己在疾病驱使下将要说出口的话感到恶心。

"不知道。"斯温医生答道。

"就像世界上最大的狒狒——想要操一个足球。"男孩脱口而出。

为避免继续受这样的羞辱,斯温医生将他剩下的三苯并举止塔米尔全给了男孩。

*

失去了三苯并举止塔米尔之后,斯温医生的戒断反应大得惊人。他不得不在寡妇家的一张床上绑了六天六夜。

在那期间,他和寡妇发生了关系,导致寡妇怀上了一个儿子,也就是未来梅洛迪·黄鹂-2·冯·彼得斯瓦尔德的父亲。

是的,而且寡妇还将她从袖珍人那儿得知的真相告诉了他,即他们通过合并相互兼容的大脑,已成功掌控了整个宇宙。

*

是的,然后他让飞行员把他送回了曼哈顿——死亡之岛。他打算在那儿呼吸,吞咽肉眼看不到的袖珍人,然后死去,到另一个世界和他姐姐团聚。

奥黑尔上尉还不想死,于是他通过绞盘、绳子和降落伞吊带把总统从飞机上放了下去,让他降到帝国大厦的观景台上。

总统就在那上面看着风景,度过了那天剩下的时间。他走下台阶的时候,每走几步就深吸一口气,希望能吸进一些袖珍人。

等他到达楼底时,已是黄昏。

大厅里遍地都是死人的骷髅，被腐烂的破布缠绕。墙壁上布满斑马状的条纹，那是很久以前的灶火残留的煤灰。

一面墙上画着一幅被绑架的基督画像。

斯温医生有生以来第一次听到了夜晚从地铁隧道中飞出来的蝙蝠发出的飕飕声，叫人不寒而栗。

他觉得自己已经成了一个死人——那些骷髅的兄弟。

然而就在此时，六个覆盆子家族的人忽然从大厅的隐蔽处跳了出来。他们刚才看到了他的直升机到达，于是手持长矛尖刀赶了过来。

*

等弄清楚了自己抓到的人是谁时，他们激动不已。他对他们来说可是个宝贝，不仅因为他是总统，更因为他念过医学院。

"医生！现在我们万事俱备了！"一个人说道。

是的，他们压根儿不理会他要寻死的请求，强行给他喂下了一小片无味的梯形片状物，它看上去像花生糖，实际上是煮过后晒干的鱼内脏，其中含有绿死病的解毒剂。

嗨嚯。

*

覆盆子们二话不说，即刻把他拖到了金融区，去救他们家族的族长，病入膏肓的浩·覆盆子-20·山城。

*

那个男人看上去患了肺炎。斯温医生无能为力，只能像一个世纪前的内科医师一样给他的身体保温并给他的额头降温，然后静观其变。

要么烧退，要么人死。

*

结果烧退了。

作为报答，覆盆子家族将他们最珍贵的财产都给了斯温医生。东西被他们搬到了纽约证券交易所的地板上：一个可以自动定时的收音机、一个中音萨克斯风、全套化妆用具，还有一个内置温度计的埃菲尔铁塔模型，等等。

仅仅出于礼貌，斯温医生从这堆垃圾里面选了一个铜质烛台。他疯狂迷恋烛台的传说就这样流传开来。

从那以后，所有人都开始送他烛台。

＊

他不喜欢覆盆子家族的集体生活，他们有一堆规矩要遵守，其中一条就是要他不停地晃动脑袋，到处搜索被绑架的基督。

于是他将帝国大厦的大厅清理干净，搬到了那儿。覆盆子家族供给他食物。

时光飞逝。

＊

然后有一天，薇拉·花栗鼠-5·扎帕来到了这儿，覆盆子们给了她解毒剂。他们希望她能做斯温医生的护士。

她给他当了一段时间的护士，但没过多久她就开起了自己的示范农场。

＊

又过了很久，身怀六甲的小梅洛迪来了，她推着一架破破烂烂的婴儿车，里面装着她少得可怜的日常用品。那堆家什中有一支德雷斯顿烛台。即使远在密歇根王国，那位传奇的纽约国王热爱烛台的传言也是流传甚广。

梅洛迪的烛台上描绘了一个贵族在花蔓缠绕的树干下和一个牧羊女调情。

这个烛台在老人最后一个生日上摔坏了。一个喝得醉醺醺的奴隶——旺达·花栗鼠-5·里维拉——将它踢翻在地。

*

梅洛迪的身影出现在帝国大厦时，斯温医生走了出来，问她是什么人，要干什么。她朝他跪了下去，一双小手向前伸着，手里握着那个烛台。

"你好，祖父。"她说。

他迟疑了一下，不知作何反应。然后他把她扶了起来。"进来吧，"他说，"进来，进来。"

*

当时，斯温医生还不知道他在厄巴纳戒断三苯并举止塔米尔期间搞出了一个儿子。他以为梅洛迪只不过是寻常的乞丐和崇拜者。他做梦都不敢想象这个素未谋面的女孩真是自己在某处留下的后代，更何况他从来就没有多大渴望要繁殖后代。

所以，当梅洛迪羞涩却言之凿凿地让他相信她确实和他有血缘关系的时候，他的感觉就如他后来对薇拉·花栗鼠-5·扎帕所描述的那样。"莫名其妙就裂开了一道巨大的缝隙。从那突如其来、不痛不痒的裂口中，"他接着说，"爬出了一个面黄肌瘦的孩子，怀着身孕，手里抓着一个德雷斯顿烛台。"

嗨嚯。

*

梅洛迪的故事是这样的：

她的父亲，即斯温医生和厄巴纳寡妇的私生子，是人称"厄巴纳大屠杀"为数不多的幸存者之一。之后他被强征入伍，成了那次大屠杀的元凶俄克拉何马公爵麾下的一名擂鼓手。

那男孩年仅十四岁就有了梅洛迪，她母亲是一名四十岁的随军洗衣妇。为了保险起见，他们给梅洛迪取了"黄鹂-2"这个中间名，这样一来，万一她被公爵的头号劲敌——密歇根国王斯图尔特·黄鹂-2·莫特——的军队俘虏，也能得到最仁慈的处置。

结果，她在六岁那年真的被俘虏了——那是在艾奥瓦战役之后，而她的父母在那场战争中双双被杀。

嗨嚯。

*

是的，彼时的密歇根国王已糜烂不堪，他将俘虏来的所有和他中间名相同的孩子——不用说，自然是黄鹂-2——都放入后宫豢养起来。小梅洛迪也被投进了那个悲惨的动物园。

然而，随着加之于她的酷刑变得越发不堪，她父亲临终前的遗言也开始带给她越来越强大的精神力量，他是这样说的：

"你是一位公主。你是烛台国王、纽约国王的孙女。"

嗨喔。

*

于是在一天夜里,她趁着国王熟睡之际,从他的寝帐里偷走了德雷斯顿烛台。

然后她从帐篷的门帘下爬了出去,进入外面月光照耀的世界。

*

她不可思议的东行之旅就此展开,她一路向东,找寻她已成为传说的祖父。他的宫殿是世界上最高的建筑之一。

她随时随地都会遇见亲人——就算不是黄鹂家族的人,至少也有鸟儿或某种有生命之物与她相伴。

他们将给她食物果腹,为她指明方向。

有人给了她一件雨衣。有人给了她一件毛衣和磁性罗盘。有人给她一架婴儿车。还有人给了她一个闹钟。

有人给她一根针和线,以及一个金顶针。

有人冒着生命危险,划船渡过哈勒姆河,将她送到死亡之岛。

诸如此类。

—终—

出版弁言

库尔特·冯内古特（Kurt Vonnegut，1922—2007），黑色幽默、讽刺与想象力领域的代表作家，20世纪极具影响力的美国作家之一。他的作品常以喜剧形式表现悲剧内容，擅长在灾难、荒诞、绝望面前发出笑声，这种风格始终是其小说创作的重要特质。他的作品聚焦个体命运、社会现实和人类处境，深刻反思和批判资本主义对人类发展的影响。在长达半个世纪的写作生涯中，他共出版了十四部长篇小说，代表作有《五号屠场》《猫的摇篮》《冠军早餐》等。

冯内古特出生于一个德裔美国家庭。他在《没有国家的人》（*A Man without a Country*）中写道："我成长在大萧条年代，那时喜剧在美国很流行。我整个青少年时期，每晚要花至少一个小时听喜剧。我对什么是玩笑、如何开玩笑非常感兴趣。"这段成长经历奠定了冯内古特文学创作的基调，"玩笑"这一元素始终贯穿冯内古特的作品。

闹 剧

　　1940年，冯内古特考取康奈尔大学，主修化学专业。珍珠港事件爆发后，1944年，主张反战的冯内古特志愿参军，远赴欧洲战场。1945年，他被德军俘获，囚禁在德国德累斯顿的一间地下室。德累斯顿大轰炸后，作为幸存的七名美国战俘之一，他曾目睹整座城市在炮火中化为人间炼狱。战争前后人们的种种荒谬言行，在他看来完全是一场闹剧。为了消解长期困扰自己的精神痛苦，他后来将这段亲身经历写进其最著名的作品《五号屠场》中。

　　《闹剧》初次出版于1976年，是冯内古特的第八部长篇小说。书中讲述了一位寂寞的总统在世界毁灭之后的故事。冯内古特在序言中提到，他在坐飞机回老家参加叔叔葬礼的途中，忽然想到了整个故事的情节。老家破败的景象让冯内古特联想到，无论是人还是城市，都可以成为"美国这部机器里一个可替换的零件"。悲观与孤独的情绪催生了他对本书中乌托邦式生活的描写。小说里，瘟疫、能源枯竭、生态危机等将美国推到毁灭的边缘，最后一任总统威尔伯提出，全体国民按照随机分配的中间名，重新组成一个个人造大家庭，以驱散美国人的孤独和分裂。

　　这一对未来的美好构想，是在经历残酷的战争后，冯内古特一直设想的某种"和平的战争方式"，以社区（community）的概念将人与人重新联结在一起，以避免人类在精神世界和物理世界中的互相屠戮。

　　最后，我们希望大家在冯内古特所构建的种种文字"闹剧"中，获得不畏一切困难的乐观与勇气。

读客®

彩条文库

外国文学读彩条，大师经典任你挑。

扫一扫，立即查看彩条文库全书目，
收集下一本文学好书！